胡适

文学与历史

谈

胡 适 著

陈亚明 编

中国华侨出版社

·北京·

图书在版编目（CIP）数据

胡适谈文学与历史 / 胡适著 ; 陈亚明编. -- 北京：
中国华侨出版社, 2022.10

ISBN 978-7-5113-8823-0

Ⅰ.①胡… Ⅱ.①胡… ②陈… Ⅲ.①胡适（1891-
1962）-文学思想-研究②胡适（1891-1962）-史学思想
-研究 Ⅳ.①I206.6②K09

中国版本图书馆CIP数据核字（2022）第 117625号

● **胡适谈文学与历史**

著　　者 / 胡　适

编　　者 / 陈亚明

出 版 人 / 杨伯勋

责任编辑 / 姜　婷

封面设计 / 薛　芳

经　　销 / 新华书店

开　　本 / 710毫米×1000毫米　　1/16　　印张/ 14.5　　字数/ 208 千字

印　　刷 / 艺通印刷（天津）有限公司

版　　次 / 2022 年 10 月第 1 版　　2022 年 10 月第 1 次印刷

书　　号 / ISBN 978-7-5113-8823-0

定　　价 / 45.00 元

中国华侨出版社　　北京市朝阳区西坝河东里77号楼底商5号　　邮编：100028
发 行 部：（010）64443051　　传　真：（010）64439708
网　　址：www.oveaschin.com　　E-mail：oveaschin@sina.com

如发现印装质量问题，影响阅读，请与印刷厂联系调换。

编辑说明

胡适先生是20世纪中国最具国际声誉的学者、思想家和教育家之一。在民国众多大师之中，他的身上闪耀着那个时代最为耀眼的光芒：作为新文化运动的领袖之一，胡适拥有32个博士头衔，获得过诺贝尔文学奖提名，还被称为"九项全能"的专家学者。他不仅在文、史、哲等诸多领域取得了巨大成就，还活跃于政治领域。

做学问，胡适先生提出"做学问要在不疑处有疑"；做人，他说"待人要在有疑处不疑"。《人民日报》这样评价胡适先生："他是20世纪中国最具国际声誉的学者、思想家和教育家之一，是20世纪中国学术思想史上的中心人物。自新文化运动以来，在学术思想上开一代新风，对思想界、学术界、文化界影响甚深。"

本系列文丛从胡适先生生前发表的各种著作、文章中，精心挑选其在文化、历史、社会、哲学等领域的代表作品，按照"读书与做人""文学与历史""哲学与理想""社会与文明"四个主题整理并进行分类。

胡适先生著作版本繁多，不同版本之间又多有歧异。为此，本系列文丛尽量以胡适自校本为底本，参校了其他权威版本，在保持原作风格的基础上，根据现代白话文的标准，对文稿进行了细微调整，以符合读者的阅读习惯。

一、文中出现的错字、漏字、别字均有订正，并酌情加注说明。

二、文中凡是未加新式标点的，都重新加好标点；原有标点与现行编辑体例不符的，在不影响阅读及语义的基础上，尽量保持原有标点。

　　三、文中部分字词的运用，如"的"与"地"、"做"与"作"、"他"与"她"、"那"与"哪"等，尽量保持原样。

　　四、文中译名的不同均加以注解。

　　五、根据具体情况，对部分文章做了一些删减。

目　录

下卷
胡适谈历史

上卷

胡适谈文学

◈

语言文字都是人类达意表情的工具;达意达的好,表情表的妙,便是文学。

◈

什么是文学

——答钱玄同

我尝说："语言文字都是人类达意表情的工具；达意达的好，表情表的妙，便是文学。"

但是怎样才是"好"与"妙"呢？这就很难说了。我曾用最浅近的话说明如下："文学有三个要件：第一要明白清楚，第二要有力能动人，第三要美。"

因为文学不过是最能尽职的语言文字，因为文学的基本作用（职务）还是"达意表情"，故第一个条件是要把情或意，明白清楚的表出达出，使人懂得，使人容易懂得，使人决不会误解。请看下例：

蘽坞芝房，一点中池，生来易惊。笑金钗卜就，先能断决；犀珠镇后，才得和平。楼响登难，房空怯最，三斗除非借酒倾。芳名早，唤狗儿吹笛，伴取歌声。

沈忧何事牵情？悄不觉人前太息轻。怕残灯枕外，帘旌蝙拂；幽期夜半，窗户鸡鸣。愁髓频寒，回肠易碎，长是心头苦暗并。天边月，纵团圞如镜，难照分明。

这首《沁园春》是从《曝书亭集》卷二十八，页八抄出来的。你是一位大学的国文教授，你可看得懂他"咏"的是什么东西吗？若是你还看不懂，那么，他就通不过这第一场"明白"（"懂得性"）的试验。他是一种玩意儿，连"语言文字"的基本作用都够不上，那配称为"文学"！

懂得还不够。还要人不能不懂得；懂得了，还要人不能不相信，不能不感动。我要他高兴，他不能不高兴；我要他哭，他不能不哭；我要他崇拜我，他不能不崇拜我；我要他爱我，他不能不爱我。这是"有力"。这个，我可以叫他做"逼人性"。

我又举一个例：

> 血府当归生地桃，
>
> 红花甘草壳赤芍，
>
> 柴胡芎桔牛膝等，
>
> 血化下行不作劳。

这是"血府逐瘀汤"的歌诀。这一类的文字，只有"记账"的价值，绝不能"动人"，绝没有"逼人"的力量，故也不能算文学。大多数的中国"旧文学"，如碑版文字，如平铺直叙的史传，都属于这一类。

> 我读齐镈文，书阙之左证。独取祂字，古谊藉以正。亲殇称考妣，从女疑非敬。《说文》有祂字，乃训祀司命。此文两皇祂，配祖义相应。幸得三代物，可与浼长诤。……（李慈铭《齐子中姜镈歌》）

这一篇你（大学的国文教授）看了一定大略明白，但他决不能感动你，决不能使你有情感上的感动。

第三是"美"。我说，孤立的美，是没有的。美就是"懂得性"（明白）与"逼人性"（有力）二者加起来自然发生的结果。例如"五月榴花照眼明"一句，何以"美"呢？美在用的是"明"字。我们读这个"明"字不能不发生一树鲜明逼人的榴花的印象。这里面含有两个分子：（1）明白清楚；（2）明白之至，有逼人而来的"力"。

再看《老残游记》的一段：

　　那南面山上，一条白光，映着月色，分外好看。一层一层的山岭，却分辨不清；又有几片白云在里面，所以分不出是云是山。及至定睛看去，方才看出那是云那是山来。虽然云是白的，山也是白的，云有亮光，山也有亮光；只因为月在云上，云在月下，所以云的亮光从背后透过来。那山却不然的：山的亮光由月光照到山上，被那山上的雪反射过来，所以光是两样了。然只稍近的地方如此。那山望东去，越望越远，天也是白的，山也是白的，云也是白的，就分辨不出来。

这一段无论是何等顽固古文家都不能不承认是"美"。美在何处呢？也只是两个分子：第一是明白清楚；第二是明白清楚之至，故有逼人而来的影象。除了这两个分子之外，还有什么孤立的"美"吗？没有了。

　　你看我这个界说怎样？我不承认什么"纯文"与"杂文"。无论什么文（纯文与杂文，韵文与非韵文）都可分作"文学的"与"非文学的"两项。

谈谈《诗经》

《诗经》在中国文学上的位置，谁也知道，它是世界最古的有价值的文学的一部，这是全世界公认的。

《诗经》有十三国的国风，只没有《楚风》。在表面上看来，湖北这个地方，在《诗经》里，似乎不能占一个位置。但近来一般学者的主张，《诗经》里面是有楚风的，不过没有把它叫做楚风，叫它做《周南》《召南》罢了。所以我们可以说：《周南》《召南》就是《诗经》里面的《楚风》。

我们说《周南》《召南》就是《楚风》，这有什么证据呢？这是有证据的。我们试看看《周南》《召南》，就可以找着许多提及江水、汉水、汝水的地方。像"汉之广矣"，"江之永矣"，"遵彼汝坟"这类的句子，想大家都是记得的。汉水、江水、汝水流域不是后来所谓"楚"的疆域吗？所以我们可以说《周南》《召南》大半是《诗经》里面的《楚风》了。

《诗经》既有《楚风》，我们在这里谈《诗经》，也就是欣赏"本地风光"。

我觉得用新的科学方法来研究古代的东西，确能得着很有趣味的效果。一字的古音，一字的古义，都应该拿正当的方法去研究的。在今日研究古书，方法最要紧；同样的方法可以收同样的效果。我今天讲《诗经》，也是贡献一点我个人研究古书的方法。在我未讲研究《诗经》的方法以前，先讲讲对于《诗经》的几个基本的概念。

（一）《诗经》不是一部经典。从前的人把这部《诗经》都看得非常神圣，说它是一部经典，我们现在要打破这个观念；假如这个观念不能打破，《诗经》简直可以不研究了。因为《诗经》并不是一部圣经，确实是一部古代歌谣的总集，可以做社会史的材料，可以做政治史的材料，可以做文化史的材料。万不可说它是一部神圣经典。

（二）孔子并没有删《诗》，"诗三百篇"本是一个成语。从前的人都说孔子删《诗》《书》，说孔子把《诗经》删去十分之九，只留下十分之一。照这样看起来，原有的诗应该是三千首。这个话是不对的。唐朝的孔颖达也说孔子的删《诗》是一件不可靠的事体。假如原有三千首诗，真的删去了二千七百首，那在《左传》及其他的古书里面所引的诗应该有许多是三百篇以外的，但是古书里面所引的诗不是三百篇以内的虽说有几首，却少得非常。大概前人说孔子删《诗》的话是不可相信的了。

（三）《诗经》不是一个时代辑成的。《诗经》里面的诗是慢慢的收集起来，成现在这么样的一本集子。最古的是《周颂》，次古的是《大雅》，再迟一点的是《小雅》，最迟的就是《商颂》《鲁颂》《国风》了。《大雅》《小雅》里有一部分是当时的卿大夫做的，有几首并有作者的主名；《大雅》收集在前，《小雅》收集在后。《国风》是各地散传的歌谣，由古人收集起来的。这些歌谣产生的时候大概很古，但收集的时候却很晚了。我们研究《诗经》里面的文法和内容，可以说《诗经》里面包含的时期约在六七百年的上下。所以我们应该知道，《诗经》不是那一个人辑的，也不是那一个人做的。

（四）《诗经》的解释。《诗经》到了汉朝，真变成了一部经典。《诗经》里面描写的那些男女恋爱的事体，在那班道学先生看起来，似乎不大雅观，于是对于这些自然的有生命的文学不得不另加种种附会的解

7

释。所以汉朝的齐、鲁、韩三家对于《诗经》都加上许多的附会，讲得非常的神秘。明是一首男女的恋歌，他们故意说是歌颂谁，讽刺谁的。《诗经》到了这个时代，简直变成了一部神圣的经典了。这种事情，中外大概都是相同的，像那本《旧约全书》的里面，也含有许多的诗歌和男女恋爱的故事，但在欧洲中古时代也曾被教会的学者加上许多迂腐穿凿的解说，使他们不违背中古神学。后起的《毛诗》对于《诗经》的解释又把从前的都推翻了，另找了一些历史上的——《左传》里面的事情——证据，来做一种新的解释。《毛诗》研究《诗经》的见解比齐、鲁、韩三家确实是要高明一点，所以《毛诗》渐渐打倒了三家诗，成为独霸的权威。我们现在读的还是《毛诗》。到了东汉，郑康成读《诗》的见解比毛公又要高明。所以到了唐朝，大凡研究《诗经》的人都是拿《毛传》《郑笺》做底子。到了宋朝，出了郑樵和朱子，他们研究《诗经》，又打破毛公的附会，由他们自己作解释。他们这种态度，比唐朝又不同一点，另外成了一种宋代说《诗》的风气。清朝讲学的人都是崇拜汉学，反对宋学的，他们对于考据训诂是有特别的研究，但是没有什么特殊的见解。他们以为宋学是不及汉学的，因为汉在一千七八百年以前，宋只在七八百年以前。殊不知汉人的思想比宋人的确要迂腐的多呢！但在那个时候研究《诗经》的人，确实出了几个比汉、宋都要高明的，如著《诗经通论》的姚际恒，著《读风偶识》的崔述，著《诗经原始》的方玉润，他们都大胆地推翻汉、宋的腐旧的见解，研究《诗经》里面的字句和内容。照这样看起来，二千年来《诗经》的研究实是一代比一代进步的了。

《诗经》的研究，虽说是进步的，但是都不彻底，大半是推翻这部，附会那部；推翻那部，附会这部。我看对于《诗经》的研究想要彻底的改革，恐怕还在我们呢！我们应该拿起我们的新的眼光，好的方法，多的材料，去大胆地细心地研究。我相信我们研究的效果比前人又可圆满一点了。这是我们应取的态度，也是我们应尽的责任。

上面把我对于《诗经》的概念说了一个大概，现在要谈到《诗经》具体的研究了。研究《诗经》大约不外下面这两条路：

（第一）训诂　用小心的精密的科学的方法，来做一种新的训诂工夫，对于《诗经》的文字和文法上都重新下注解。

（第二）解题　大胆地推翻二千年来积下来的附会的见解；完全用社会学的，历史的，文学的眼光重新给每一首诗下个解释。

所以我们研究《诗经》，关于一句一字，都要用小心的科学的方法去研究；关于一首诗的用意，要大胆地推翻前人的附会，自己有一种新的见解。

现在让我先讲了方法，再来讲到训诂罢。

清朝的学者最注意训诂，如戴震、胡承珙、陈奂、马瑞辰等，凡他们关于《诗经》的训诂著作，我们都应该看的。戴震有两个高足弟子，一是金坛段玉裁，一是高邮王念孙及其子引之，都有很重要的著作，可为我们参考的。如段注《说文解字》，念孙所作《读书杂志》《广雅疏证》等；尤其是引之所作的《经义述闻》《经传释词》，对于《诗经》更有很深的见解，方法亦比较要算周密得多。

前人研究《诗经》都不讲文法，说来说去，终得不着一个切实而明了的解释，并且越讲越把本义搅昏昧了。清代的学者，对于文法就晓得用比较归纳的方法来研究。

如"终风且暴"，前人注是——终风，终日风也。但清代王念孙父子把"终风且暴"来比较"终温且惠"，"终窭且贫"，就可知"终"字应当作"既"字解。有了这一个方法，自然我们无论碰到何种困难地方，只要把它归纳比较起来，就一目了然了。

《诗经》中常用的"言"字是很难解的。汉人解作"我"字，自是不通的。王念孙父子知道"言"字是语词，却也说不出他的文法作用来。我也曾应用这个比较归纳的方法，把《诗经》中含有"言"字的句子抄集起来，便知"言"字究竟是如何的用法了。

我们试看：

> 彤弓弨兮，受言藏之。
>
> 驾言出游。
>
> 陟彼南山，言采其蕨。

这些例里，"言"字皆用在两个动词之间。"受而藏之"，"驾而出游"，……岂不很明白清楚？

苏东坡有一首《日日出东门》诗，上文说"步寻东城游"，下文又说"驾言写我忧"。他错看了《诗经》"驾言出游，以写我忧"的"驾言"二字，以为"驾"只是一种语助词。所以章子厚笑他说："前步而后驾，何其上下纷纷也！"

上面是把虚字当作代名词的。再有把地名当作动词的，如"胥"本来是一个地名。古人解为"胥，相也"，这也是错了。我且举几个例来证明。《大雅·笃公刘》一篇有"于胥斯原"一句，《毛传》说："胥，相也。"《郑笺》说："相此原地以居民。"但我们细看此诗共分三大段，写公刘经营的三个地方，三个地方的写法是一致的：

（1）于胥斯原。

（2）于京斯依。

（3）于豳斯馆。

我们比较这三句的文法，就可以明白，"胥"是一个地方的名称。假使有今日的标点符号，只要打一个"─"儿就明白了。《绵》篇中说太王"爰及姜女，聿来胥宇"，也是这个地方。

还有那个"于"字在《诗经》里面，更是一个很发生问题的东西。汉人也把它解错了，他们解为"于，往也"。例如《周南·桃夭》的"之子于归"，他们误解为"之子往归"。这样一解，已经太牵强了，但还勉强解得过去；若把它和别的句子比较起来解释，如《周南·葛覃》的"黄鸟于飞"解为"黄鸟往飞"，《大雅·卷阿》的"凤凰于飞"解为"凤凰往飞"，《邶风·燕燕》的"燕燕于飞"解为"燕燕往飞"，这不是不通吗？那么，究竟要怎样解释才对呢？我可以说，"于"字等于"焉"字，作"于是"解。"焉"字用在内动词的后面，作"于是"解，这是人人可懂的。但在上古文法里，这种文法是倒装的。"归焉"成了"于归"；"飞焉"成了"于飞"。"黄鸟于飞"解为"黄鸟在那儿飞"，"凤凰于飞"解为"凤凰在那儿飞"，"燕燕于飞"解为"燕燕在那儿飞"，这样一解就可通了。

我们谁都认得"以"字。但这"以"字也有问题。如《召南·采蘩》说：

于以采蘩？于沼于沚。于以用之？公侯之事。

于以采蘩？于涧之中。于以用之？公侯之宫。

这些句法明明是上一句问，下一句答。"于以"即是"在那儿？""以"字等于"何"字。（这个"以"字解为"那儿？"我的朋友杨遇夫先生有详说。）

在那儿采蘩呢？在沼在沚。又在那儿用呢？用在公侯之事。

在那儿采蘩呢？在涧之中。又在那儿用呢？用在公侯之宫。

像这样解释的时候，谁也说是通顺的了。又如《邶风·击鼓》"于以求之？于林之下"，解为"在那儿去求呢？在林之下"。所以"于以求之"的下面，只要标一个问号（？），就一目了然了。

"诗经"中的"维"字，也很费解。这个"维"字，在"诗经"里面约有二百个。从前的人都把它解错了。我觉得这个"维"字有好几种用法。最普通的一种是应作"呵，呀"的感叹词解。老子《道德经》也说"唯之与阿，相去几何？"可见"唯""维"本来与"阿"相近。如《召南·鹊巢》的：

维鹊有巢，维鸠居之。维鹊有巢，维鸠方之。

若拿"呵"字来解释这一个"维"字，那就是"呵，鹊有巢！呵，鸠去住了！"此外的例，如"维此文王"即是"呵，这文王！""维此王季"即是"呵，这王季！"你们记得人家读祭文，开首总是"维，中华民国十有四年"。"维"字应顿一顿，解作"呵"字。

我希望大家对于《诗经》的文法细心地做一番精密的研究，要一字一句地把它归纳和比较起来，才能领略《诗经》里面真正的意义。清朝的学者费了不少的时间，终究得不着圆满的结果，也就是因为他们缺少文法上的知识和虚字的研究。

上面已把研究《诗经》训诂的方法约略谈过，现在要谈到《诗经》每首诗的用意如何，应怎样解释才对，便到第二条路所谓解题了。

这一部《诗经》已经被前人闹得乌烟瘴气，莫名其妙了。诗是人的性情的自然表现，心有所感，要怎样写就怎样写，所谓"诗言志"是。《诗经·国风》多是男女感情的描写，一般经学家多把这种普遍真挚的作品勉强拿来安到什么文王、武王的历史上去。一部活泼泼的文学因为他们这种牵强的解释，便把它的真意完全失掉，这是很可痛惜的！譬如《郑风》二十一篇，有四分之三是爱情诗，《毛诗》却认《郑风》与男女问题有关的诗只有五六篇，如《鸡鸣》《野有蔓草》等。说来倒是我的同乡朱子高明多了，他已认《郑风》多是男女相悦淫奔的诗，但他亦多荒谬。《关雎》明明是男性思恋女性不得的诗，他却在《诗集传》里说什么"文王生有圣德，又得圣女姒氏以为之配"，把这首情感真挚的诗解得僵直不成样了。

好多人说《关雎》是新婚诗，亦不对。《关雎》完全是一首求爱诗，他求之不得，便寤寐思服，辗转反侧，这是描写他的相思苦情；他用了种种勾引女子的手段，友以琴瑟，乐以钟鼓，这完全是初民时代的社会风俗，并没有什么稀奇。意大利、西班牙有几个地方，至今男子在女子的窗下弹琴唱歌，取欢于女子。……

《野有死麕》的诗，也同样是男子勾引女子的诗。初民社会的女子多欢喜男子有力能打野兽，故第一章："野有死麕，白茅包之。"写出男子打死野麕，包以献女子的情形。"有女怀春，吉士诱之。"便写出他的用意了。……

《嘒彼小星》一诗，好像是写妓女生活的最古记载。我们试看《老残游记》，可见黄河流域的妓女送铺盖上店陪客人的情形。再看原文：

嘒彼小星，三五在东。肃肃宵征，夙夜在公。实命不同。

嘒彼小星，维参与昴。肃肃宵征，抱衾与裯。实命不犹。

我们看她抱衾裯以宵征，就可知道她的职业生活了。

《芣苢》诗没有多深的意思，是一首民歌，我们读了可以想见一群女子，当着光天丽日之下，在旷野中采芣苢，一边采，一边歌。看原文：

采采芣苢，薄言采之。采采芣苢，薄言有之。

采采芣苢，薄言掇之。采采芣苢，薄言捋之。

采采芣苢，薄言袺之。采采芣苢，薄言襭之。

《著》诗，是一个新婚女子出来的时候叫男子暂候，看看她自己装饰好了没有，显出了一种很艳丽细腻的情景。原文：

俟我于著乎而？充耳以素乎而？尚之以琼华乎而？

俟我于堂乎而？充耳以黄乎而？尚之以琼英乎而？

我们试曼声读这些诗，是何等情景？唐代朱庆余上张水部有一首诗，妙有这种情致。诗云：

洞房昨夜停红烛，

待晓堂前拜舅姑。

妆罢低声问夫婿，

"画眉深浅入时无？"

你们想想，这两篇诗的情景是不是很相像。

总而言之，你要懂得《诗经》的文字和文法，必须要用归纳比较的方法。你要懂得三百篇中每一首的题旨，必须撇开一切《毛传》《郑笺》《朱注》等，自己去细细涵咏原文。但你必须多备一些参考比较的材料：你必须多研究民俗学，社会学，文学，史学。你的比较材料越多，你就会觉得《诗经》越有趣味了。

《词选》自序

《词选》的工作起于三年之前，中间时有间断，然此书费去的时间却已不少。我本想还搁一两年，等我的见解更老到一点，方才出版。但今年匆匆出国，归国之期遥遥不可预定，有些未了之事总想作一结束，使我在外国心里舒服一点。所以我决计把这部书先行付印。有些地方，本想改动；但行期太匆忙，我竟无法细细修改，只好留待将来再版时候了。

我本想作一篇长序，但去年写了近两万字，一时不能完工，只好把其中的一部分——《词的起原》——抽出作一个附录，其余的部分也须待将来补作了。

今天从英国博物院里回来，接着王云五先生的信，知道此书已付印，我想趁此机会写一篇短序，略略指出我选词的意思。有许多见解，已散见于各词人的小传之中了；我在此地要补说的，只是我这部书里选择去取的大旨。

我深信，凡是文学的选本都应该表现选家个人的见解。近年朱彊邨先生选了一部《宋词三百首》，那就代表朱先生个人的见解。我这三百多首的五代宋词，就代表我个人的见解。我是一个有历史癖的人，所以我的《词选》就代表我对于词的历史的见解。

我以为词的历史有三个大时期：

第一时期：自晚唐到元初（850—1250年），为词的自然演变时期。

第二时期：自元到明、清之际（1250—1650年），为曲子时期。

第三时期：自清初到今日（1650—1900年），为模仿填词的时期。

第一个时期是词的"本身"的历史。第二个时期是词的"替身"的历史，也可说是他"投胎再世"的历史。第三个时期是词的"鬼"的历史。

词起于民间，流传于娼女歌伶之口，后来才渐渐被文人学士采用，体裁渐渐加多，内容渐渐变丰富。但这样一来，词的文学就渐渐和平民离远了。到了宋末的词，连文人都看不懂了，词的生气全没有了。词到了宋末，早已死了。但民间的娼女歌伶仍旧继续变化他们的歌曲，他们新翻的花样就是"曲子"。他们先有"小令"，次有"双调"，次有"套数"。套数一变就成了"杂剧"；"杂剧"又变为明代的剧曲。这时候，文人学士又来了；他们也做"曲子"，也做剧本；体裁又变复杂了，内容又变丰富了。然而他们带来的古典，搬来的书袋，传染来的酸腐气味又使这一类新文学渐渐和平民离远，渐渐失去生气，渐渐死下去了。

清朝的学者读书最博，离开平民也最远。清朝的文学，除了小说之外，都是朝着"复古"的方面走的。他们一面做骈文，一面做"词的中兴"的运动。陈其年、朱彝尊以后，二百多年之中很出了不少的词人。他们有学《花间》的，有学北宋的，有学南宋的；有学苏、辛的，有学白石、玉田的，有学清真的，有学梦窗的。他们很有用全力做词的人，他们也有许多很好的词，这是不可完全抹杀的。然而词的时代早过去了，过去了四百年了。天才与学力终归不能挽回过去的潮流。三百年的清词，终逃不出模仿宋词的境地。所以这个时代可说是词的鬼影的时代；潮流已去，不可复返，这不过是一点之回波，一点之浪花飞沫而已。

我的本意想选三部长短句的选本：第一部是《词选》，表现词的演变；第二部是《曲选》，表现第二时期的曲子；第三部是《清词选》，代表清朝一代才人借词体表现的作品。

这部《词选》专表现第一个大时期。这个时期，也可分作三个段落。

（1）歌者的词，

（2）诗人的词，

（3）词匠的词。

苏东坡以前，是教坊乐工与娼家妓女歌唱的词；东坡到稼轩、后村，是诗人的词；白石以后，直到宋末元初，是词匠的词。

《花间集》五百首，全是为娼家歌者作的，这是无可疑的。不但《〈花间集〉序》明明如此说；即看其中许多科举的鄙词，如《喜迁莺》《鹤冲天》之类，便可明白。此风直到北宋盛时，还不曾衰歇。柳耆卿是长住在娼家，专替妓女乐工作词的。晏小山的词集自序也明明说他的词是作了就交与几个歌妓去唱的。这是词史的第一段落。这个时代的词有一个特征：就是这二百年的词都是无题的：内容都很简单，不是相思，便是离别，不是绮语，便是醉歌，所以用不着标题；题底也许别有寄托，但题面仍不出男女的艳歌，所以也不用特别标出题目。南唐李后主与冯延巳出来之后，悲哀的境遇与深刻的感情自然抬高了词的意境，加浓了词的内容；但他们的词仍是要给歌者去唱的，所以他们的作品始终不曾脱离平民文学的形式。北宋的词人继续这个风气，所以晏氏父子与欧阳永叔的词都还是无题的。他们在别种文艺作品上，尽管极力复古，但他们作词时，总不能不采用乐工娼女的语言声口。

这时代的词还有一个特征：就是大家都接近平民的文学，都采用乐工娼女的声口，所以作者的个性都不充分表现，所以彼此的作品容易混乱。冯延巳的词往往混作欧阳修的词；欧阳修的词也往往混作晏氏父子的词。（周济选词，强作聪明，说冯延巳小人，决不能作某首某首《蝶恋花》！这是主观的见解；其实"几日行云何处去"一类的词可作忠君解，也可作患得患失解。）

到了十一世纪的晚年，苏东坡一班人以绝顶的天才，采用这新起的词体，来作他们的"新诗"。从此以后，词便大变了。东坡作词，并不希望拿给十五六岁的女郎在红毹毹上袅袅婷婷地去歌唱。他只是用一种新的诗体来作他的"新体诗"。词体到了他手里，可以咏古，可以悼亡，可以谈禅，可以说理，可以发议论。同时的王荆公也这样做；苏门的词人黄山谷、秦少游、晁补之，也都这样做。山谷、少游都还常常给妓人作小词；不失第一时代的风格。稍后起的大词人周美成也能作绝好的小词。但风气已开了，再关不住了；词的用处推广了，词的内容变复杂了，词人的个性也更显出了。到了朱希真与辛稼轩，词的应用的范围，越推越广大；词人的个性的风格越发表现出来。无论什么题目，无论何种内容，都可以入词。悲壮、苍凉、哀艳、闲逸、放浪、颓废、讥弹、忠爱、游戏、诙谐，……这种种风格都呈现在各人的词里。

这一段落的词是"诗人的词"。这些作者都是有天才的诗人；他们不管能歌不能歌，也不管协律不协律；他们只是用词体作新诗。这种"诗人的词"，起于荆公、东坡，至稼轩而大成。

这个时代的词也有他的特征。第一，词的题目不能少了，因为内容太复杂了。第二，词人的个性出来了；东坡自是东坡，稼轩自是稼轩，希真自是希真，不能随便混乱了。

但文学史上有一个逃不了的公式。文学的新方式都是出于民间的。久而久之，文人学士受了民间文学的影响，采用这种新体裁来做他们的文艺作品。文人的参加自有他的好处：浅薄的内容变丰富了，幼稚的技术变高明了，平凡的意境变高超了。但文人把这种新体裁学到手之后，劣等的文人便来模仿；模仿的结果，往往学得了形式上的技术，而丢掉了创作的精神。天才堕落而为匠手，创作堕落而为机械。生气剥丧完了，只剩下一点小技巧，一堆烂书袋，一套烂调子！于是这种文学方式的命运便完结了，文学的生命又须另向民间去寻新方向发展了。

四言诗如此，楚辞如此，乐府如此。词的历史也是如此。词到了稼轩，可算是到了极盛的时期。姜白石是个音乐家，他要向音律上去做工夫。从此以后，词便转到音律的专门技术上去。史梅溪、吴梦窗、张叔夏都是精于音律的人；他们都走到这条路上去。他们不惜牺牲词的内容来迁就音律上的和谐。例如张叔夏《词源》里说他的父亲作了一句"琐窗幽",觉得不协律,遂改为"琐窗深",还觉得不协律,后来改为"琐窗明",才协律了。"幽"改为"深"还不差多少;"幽"改为"明",便是恰相反的意义了。究竟那窗子是"幽暗"呢,还是"明敞"呢?这上面,他们全不计较!他们只求音律上的谐婉,不管内容的矛盾!这种人不是词人,不是诗人,只可叫做"词匠"。

这个时代的词叫做"词匠"的词!这个时代的词也有几种特征。第一,是重音律而不重内容。词起于歌,而词不必可歌,正如诗起于乐府而诗不必都是乐府,又正如戏剧起于歌舞而戏剧不必都是歌舞。这种单有音律而没有意境与情感的词,全没有文学上的价值。第二,这时代的词侧重"咏物",又多用古典。他们没有情感,没有意境,却要作词,所以只好作"咏物"的词。这种词等于文中的八股,诗中的试帖;这是一班词匠的笨把戏,算不得文学。在这个时代,张叔夏以南宋功臣之后,身遭亡国之痛,还偶然有一两首沉痛的词(如《高阳台》)。但"词匠"的风气已成,音律与古典压死了天才与情感,词的末运已不可挽救了。

这是我对于词的历史的见解,也就是我选词的标准。我的去取也许有不能尽满人意之处,也许有不能尽满我自己意思之处。但我自信我对于词的四百年历史的见地是根本不错的。

这部《词选》里的词,大都是不用注解的。我加的注解大都是关于方言或文法的。关于分行及标点,我要负完全责任。《词律》等书,我常用作参考,但我往往不依他们的句读。有许多人的词,例如东坡,是不能依《词律》去点读的。

顾颉刚先生为我校读一遍,并替我加上一些注,我很感谢他的好意。

读《楚辞》

十年六月，洪熙、思永们的读书会要我讲演，我讲的是我关于《楚辞》的意见，后来记在《日记》里，现在整理出来，作为一篇读书记。我很盼望国中研究《楚辞》的人平心考察我的意见，修正他或反证他，总期使这部久被埋没，久被"酸化"的古文学名著能渐渐的从乌烟瘴气里钻出来，在文学界里重新占一个不依傍名教的位置。

（一）屈原是谁？

屈原是谁？这个问题是没有人发问过的。我现在不但要问屈原是什么人，并且要问屈原这个人究竟有没有。为什么我要疑心呢？因为：

第一，《史记》本来不很可靠，而《屈原贾生列传》尤其不可靠。

（子）《传》末有云："及孝文崩，孝武皇帝立，举贾生之孙二人至郡守，而贾嘉最好学，世其家，与余通书，至孝昭时，列为九卿。"司马迁何能知孝昭的谥法？一可疑。孝文之后为景帝，如何可说"及孝文崩，孝武皇帝立"？二可疑。

（丑）《屈原传》叙事不明。先说，"王怒而疏屈平"。次说，"屈平既疏，不复在位，使于齐，顾反谏怀王曰，何不杀张仪。王悔，追张仪不及"。又说，"怀王欲行，屈平曰，秦虎狼之国，不可信，不如无行"。又说，"顷襄王立，以子兰为令尹。楚人既咎子兰以劝怀王入秦而不反也，屈平既嫉之，虽放流，眷顾楚国，系心怀王，不忘欲反"。又说，"令尹子兰闻之大怒，卒使上官大夫短屈原于顷襄王。王怒而迁之。屈原至于江滨，被发行吟泽畔"。既"疏"了，既"不复在位"了，又"使于齐"，又"谏"重大的事，一大可疑。前面并不曾说"放流"，出使于齐的人，又能谏大事的人，自然不曾被"放流"。而下面忽说"虽放流"，忽说"迁之"，二大可疑。"秦虎狼之国，不可信"二句，依《楚世家》，是昭雎谏的话。"何不杀张仪"一段，张仪传无此语，亦无"怀王悔，追张仪不及"等事，三大可疑。怀王拿来换张仪的地，此传说是"秦割汉中地"，张仪传说是"秦欲得黔中地"，《楚世家》说是"秦分汉中之半"。究竟是汉中是黔中呢？四大可疑。前称屈平，而后半忽称屈原，五大可疑。

第二，传说的屈原，若真有其人，必不会生在秦汉以前。

（子）"屈原"明明是一个理想的忠臣，但这种忠臣在汉以前是不会发生的，因为战国时代不会有这种奇怪的君臣观念。我这个见解，虽然很空泛，但我想很可以成立。

（丑）传说的屈原是根据于一种"儒教化"的《楚辞》解释的。但我们知道这种"儒教化"的古书解是汉人的拿手戏，只有那笨陋的汉朝学究能干这件笨事！

依我着来，屈原是一种复合物，是一种"箭垛式"的人物，与黄帝、周公同类，与希腊的荷马同类。怎样叫做"箭垛式"的人物呢？古代有许多东西是一班无名的小百姓发明的，但后人感恩图报，或是为便利起见，往往把许多发明都记到一两个有名的人物的功德簿上去。最古的，都说是黄帝发明的。中古的，都说是周公发明的。怪不得周公要一饭三吐哺，一沐三握发了！那一小部分的南方文学，也就归到屈原、宋玉（宋玉也是一个假名）几个人身上去。（佛教的无数"佛说"的经也是这样的，不过印度人是有意造假的，与这些例略有不同。）譬如诸葛亮借箭时用的草人，可以收到无数箭，故我叫他们做"箭垛"。

我想，屈原也许是二十五篇《楚辞》之中的一部分的作者，后来渐渐被人认作这二十五篇全部的作者。但这时候，屈原还不过是一个文学的箭垛。后来汉朝的老学究把那时代的"君臣大义"读到《楚辞》里去，就把屈原用作忠臣的代表，从此屈原就又成了一个伦理的箭垛了。

大概楚怀王入秦不返，是南方民族的一件伤心的事，故当时有"楚虽三户，亡秦必楚"的歌谣。后来亡秦的义兵终起于南方，而项氏起兵时竟用楚怀王的招牌来号召人心。当时必有楚怀王的故事或神话流传民间，屈原大概也是这种故事的一部分。在那个故事里，楚怀王是正角，屈原大概还是配角，——郑袖唱花旦，勒尚唱小丑，——但秦亡之后，楚怀王的神话渐渐失其作用了，渐渐销灭了；于是那个原来做配角的屈原反变成正角了。后来这一部分的故事流传久了，竟仿佛真有其事，故刘向《说苑》也载此事，而补《史记》的人也七拼八凑的把这个故事塞进《史记》去。补《史记》的人很多，最晚的有王莽时代的人，故《司马相如列传》后能引扬雄的话；《屈贾列传》当是宣帝时人补的，那时离秦亡之时已一百五十年了，这个理想的忠臣故事久已成立了。

（二）《楚辞》是什么？

我们现在可以断定《楚辞》的前二十五篇决不是一个人做的。那二十五篇是：

《离骚》	1
《天问》	1
《远游》	1
《渔父》	1
《大招》	1
《九歌》	9
《九章》	9
《卜居》	1
《招魂》	1

这二十五篇之中，《天问》文理不通，见解卑陋，全无文学价值，我们可断定此篇为后人杂凑起来的。《卜居》《渔父》为有主名的著作，见解与技术都可代表一个《楚辞》进步已高的时期。《招魂》用"些"，《大招》用"只"，皆是变体。《大招》似是模仿《招魂》的。《招魂》若是宋玉作的，《大招》决非屈原作的。《九歌》与屈原的传说绝无关系，细看内容，这九篇大概是最古之作，是当时湘江民族的宗教舞歌。剩下的，只有《离骚》《九章》与《远游》了。依我看来，《远游》是模仿《离骚》做的；《九章》也是模仿《离骚》做的。《九章》中，《怀沙》载在《史记》，《哀郢》之名见于《屈贾传论》，大概汉昭宣帝时尚无"九章"之总名。《九章》中，也许有稍古的，也许有晚出的伪作。我们若不愿完全丢弃屈原的传说，或者可以认《离骚》为屈原作的。《九章》中，至多只能有一部分是屈原作的。《远游》全是晚出的仿作。

我们可以把上述的意见，按照时代的先后，列表如下：

（1）最古的南方民族文学	《九歌》
（2）稍晚——屈原?	《离骚》 《九章》的一部分（？）
（3）屈原同时或稍后	《招魂》
（4）稍后——楚亡后	《卜居》《渔父》
（5）汉人作的	《大招》《远游》 《九章》的一部分 《天问》

（三）《楚辞》的注家

《楚辞》注家分汉宋两大派。汉儒最迂腐，眼光最低，知识最陋。他们把一部《诗经》都罩上乌烟瘴气了。一首，"关关雎鸠"明明是写相思的诗，他们偏要说是刺周康王后的，又说是美后妃之德的！所以他们把一部《楚辞》也"酸化"了。这一派自王逸直到洪兴祖，都承认那"屈原的传说"，处处把美人香草都解作忠君忧国的话，正如汉人把《诗三百篇》都解作腐儒的美刺一样！宋派自朱熹以后，颇能渐渐推翻那种头巾气的注解。朱子的《楚辞集注》虽不能抛开屈原的传说，但他于《九歌》确能别出新见解。《九歌》中，《湘夫人》《少司命》《东君》《国殇》《礼魂》，各篇的注与序里皆无一字提到屈原的传说；其余四篇，虽偶然提及，但朱注确能打破旧说的大部分，已很不易得了。我们应该从朱子入手，参看各家的说法，然后比朱子更进一步打破一切迷信的传说，创造一种新的《楚辞》解。

（四）《楚辞》的文学价值

我们须要认明白：屈原的传说不推翻，则《楚辞》只是一部忠臣教科书，但不是文学。如《湘夫人》歌"袅袅兮秋风，洞庭波兮木叶下"，本是白描的好文学，却被旧注家加上"言君政急则众民愁而贤者伤矣"（王逸），"喻小人用事则君子弃逐"（五臣）等等荒谬的理学话，便不见他的文学趣味了。又如：

> 捐余袂兮江中，遗余褋兮醴浦，搴汀洲兮杜若，将以遗兮
> 远者。

这四句何等美丽！注家却说：

> 屈原托与湘夫人，共邻而处，舜复迎之而去，穷困无所
> 依，故欲捐弃衣物，裸身而行，将适九夷也。选者谓高贤隐士
> 也。言己虽欲之九夷绝域之外，犹求高贤之士，平洲香草以遗
> 之，与共修道德也。（王逸）

或说：

> 袂褋皆事神所用，今夫人既去，君复背己，无所用也，故
> 弃遗之。……杜若以喻诚信：远者，神及君也。（五臣）

或说：

> 既诒湘夫人以袂褋，又遗远者以杜若。好贤不已也。（洪
> 兴祖）

这样说来说去，还有文学的趣味吗？故我们必须推翻屈原的传说，打破一切村学究的旧注，从《楚辞》本身上去寻出他的文学兴味来，然后《楚辞》的文学价值可以有恢复的希望。

吴敬梓传

我们安徽的第一个大文豪，不是方苞，不是刘大櫆，也不是姚鼐，是全椒县的吴敬梓。

吴敬梓，字敏轩，一字文木。他生于清康熙四十年，死于乾隆十九年（西历1701—1754年）。他生在一个很阔的世家，家产很富；但是他瞧不起金钱，不久就成了一个贫士。后来他贫的不堪，甚至于几日不能得一饱。那时清廷开博学鸿词科，安徽巡抚赵国麟荐他应试，他不肯去。从此，"乡试也不应，科岁也不考，逍遥自在，做些自己的事"。后来死在扬州，年纪只有五十四岁。

他生平的著作有《文木山房诗集》七卷，文五卷（据金和《〈儒林外史〉跋》）；《诗说》七卷（同）；又《儒林外史》小说一部（程晋芳《吴敬梓传》作五十卷，金《跋》作五十五卷，天目山樵评本五十六卷，齐省堂本六十卷）。据金和《跋》，他的诗文集和《诗说》都不曾付刻。只有《儒林外史》流传世间，为近世中国文学的一部杰作。

他的七卷诗，都失传了。王又曾（毂原）《丁辛老屋集》里曾引他两句诗："如何父师训，专储制举材。"这两句诗的口气，见解，都和他的《儒林外史》是一致的。程晋芳《拜书亭稿》也引他两句："遥思二月秦淮柳，蘸露拖烟委曲尘。"——可以想见他的诗文集里定有许多很好的文字。

只可惜那些著作都不传了，我们只能用《儒林外史》来作他的传的材料。

《儒林外史》这部书所以能不朽，全在他的见识高超，技术高明。这书的"楔子"一回，借王冕的口气，批评明朝科举用八股文的制度道："将来读书人既有此一条荣身之路，把那文行出处都看得轻了。"这是全书的宗旨。

书里的马二先生说：

> 举业二字是从古及今，人人必要做的。就如孔子生在春秋时候，那时用言扬行举做官；故孔子只讲得个"言寡尤，行寡悔，禄在其中"。这便是孔子的举业。……到唐朝用诗赋取士，他们若讲孔孟的话，就没有官做了。……到本朝用文章取士，就是夫子在而今也要念文章，做举业，断不讲那"言寡尤，行寡悔"的话。何也？就日日讲"言寡尤，行寡悔"，那个给你官做？孔子的道，也就不行了。

这一段话句句是恭维举业，其实句句是痛骂举业。末卷表文所说："夫萃天下之人才而限制于资格，则得之者少，失之者多。"正是这个道理。国家天天挂着孔孟的招牌，其实不许人"说孔孟的话"，也不要人实行孔孟的教训，只要人念八股文，做试帖诗；其余的"文行出处"都可以不讲究，讲究了又"那个给你官做？"不给你官做，便是专制君主困死人才的唯一妙法。要想抵制这种恶毒的牢笼，只有一个法子：就是提倡一种新社会心理，叫人知道举业的丑态，知道官的丑态；叫人觉得"人"比"官"格外可贵，学问比八股文格外可贵，人格比富贵格外可贵。社会上养成了这种心理，就不怕皇帝"不给你官做"的毒手段了。

一部《儒林外史》的用意只是要想养成这种社会心理。看他写周进、范进那样热衷的可怜，看他写严贡生、严监生那样贪吝的可鄙，看他写马纯上那样酸，匡超人那样辣。又看他反过来写一个做戏子的鲍文卿那样可敬，一个武夫萧云仙那样可爱。再看他写杜少卿、庄绍光、虞博士诸人的学问人格那样高出八股功名之外。——这种见识，在二百年前，真是可惊可敬的了！

程晋芳做的《吴敬梓传》里说他生平最恨做时文的人；时文做得越好的人，他痛恨他们也越厉害。《儒林外史》痛骂八股文人，有几处是容易看得出的，不用我来指出。我单举两处平常人不大注意的地方：

第三回写范进的文章，周学台看了三遍之后才晓得是"天地间之至文，真乃一字一珠！"

第四回写范进死了母亲，去寻汤知县打秋风，汤知县请他吃饭，用的是银镶杯箸，范举人因为居丧不肯举杯箸；汤知县换了磁杯象牙箸来，他还不肯用。"汤知县疑惑他居丧如此尽礼，倘或不用荤酒，却是不曾备办；后来看见他在燕窝碗里拣了一个大虾元送在嘴里，方才放心！"

这种绝妙的文学技术，绝高的道德见解，岂是姚鼐、方苞一流人能梦见的吗？

最妙的是写汤知县、范进、张静斋三人的谈话：

张静斋道："想起洪武年间刘老先生——"

汤知县道："那个刘老先生？"

静斋道："讳基的了。他是洪武三年开科的进士，'天下有道'三句中的第五名。"

范进插口道："想是第三名？"

静斋道："是第五名！那墨卷是弟读过的。后来入了翰林，洪武行到他家，恰好江南张王送了他一坛小菜，当面打开看，都是些瓜子金，洪武圣上恼了，把刘老先生贬为青田县知县，又用毒药摆死了。"汤知县见他说的"口若悬河"，又是本朝确切的典故，不由得不信！

这一段话写两个举人和一个进士的"博雅"，写时文大家的学问，真可令人绝倒。这又岂是方苞、姚鼐一流人能梦见的吗？

这一篇短传里，我不能细评《儒林外史》全书了。这一部大书，用一个做裁缝的荆元做结束。这个裁缝每日做工有余下的工夫，就弹琴写字，也极欢喜做诗。朋友问他道："你既要做雅人，为什么还要做你这贵行？何不同学校里人相与相与？"他道："我也不是要做雅人。只为性情相近，故此时常学学。至于我们这个贱行，是祖父遗留下来的，难道读书识字做了裁缝就玷污了不成？况且那些学校里的朋友，他们另有一番见识，怎肯和我相与？我而今每日寻得六七分银子，吃饱了饭，要弹琴，要写字，诸事都由得我。我又不贪图人的富贵，又不伺候人的颜色；天不收，地不管，倒不快活！"

这是真自由，真平等——这是我们安徽的一个大文豪吴敬梓想要造成的社会心理。

《三国志演义》序

　　三国的故事向来是很能引起许多人的想像力与兴趣的。这也是很自然的。中国历史上只有七个分裂的时代：（1）春秋到战国，（2）楚汉之争，（3）三国，（4）南北朝，（5）隋、唐之际，（6）五代十国，（7）宋、金分立的时期。这七个时代之中，南北朝与南宋都是不同的民族分立的时期，心理上总有一点"华夷"的观念，大家对于"北朝"的史事都不大注意，故南北朝不成演义的小说，而南宋时也只配做那偏于"攘夷"的小说（如《说岳》）。其余五个分立的时期都是演义小说的好题目。分立的时期，人才容易见长，勇将与军师更容易见长，可以不用添枝添叶，而自然有热闹的故事。所以《东周列国志》《七国志》《楚汉春秋》《三国志》《隋唐演义》《五代史平话》《残唐五代》等书的风行，远胜于《两汉演义》《两晋演义》等书。但这五个分立时期之中，春秋战国的时代太古了，材料太少；况且头绪太纷烦，不容易做的满意。楚汉与隋、唐又太短了，若不靠想像力来添材料，也不能做成热闹的故事。五代十国头绪也太繁，况且人才并不高明，故关于这个时代的小说都不能做好。只有三国时代，魏蜀吴的人才都可算是势均力敌的，陈寿、裴松之保存的材料也很不少；况且裴松之注《三国志》时，引了许多杂书的材料，很有小说的趣味。因此，这个时代遂成了演义家的绝好题目。

《三国志演义》不是一个人做的，乃是五百年的演义家的共同作品。唐朝已有说三国故事的了。段成式《酉阳杂俎》说："予太和末，因弟生日观剧，有市人小说，呼扁鹊作褊鹊字，上声。"又李商隐《骄儿》诗云："或谑张飞胡，或笑邓艾吃。"这都可证晚唐已有说三国的。宋朝"说话"的风气更发达了。孟元老《东京梦华录》说北宋晚年的"说话"，共有许多科，内中"说三分"是一种独立科目，不属于"讲史"一科，竟成了一种专科了。苏轼《志林》说：

> 涂巷中小儿薄劣，其家所厌苦，辄与钱，令聚坐听说古
> 话。至说三国事，闻刘玄德败，辄蹙眉，有出涕者；闻曹操败，
> 即喜，唱快。以是知君子小人之泽，百世不斩。

宋金分立的时代，南方的平话，北方的院本，都有这一类的历史故事。现在可考见的，只有金院本中的《襄阳会》。到了元朝，我们的材料便多了。《录鬼簿》与《涵虚子》记的杂剧名目中，至少有下列各种是演三国故事的：

王晔：《卧龙冈》。

朱凯：《黄鹤楼》。

王实甫：《陆绩怀橘》《曹子建七步成章》。

关汉卿：《管宁割席》《单刀会》。

尚仲贤：《诸葛论功》。（《录鬼簿》作《武成庙诸葛论功》，不知是否三国故事。）

高文秀：《周瑜谒鲁肃》《刘先主襄阳会》。

郑德辉：《王粲登楼》《三战吕布》（二本）。

武汉臣：《三战吕布》（二本）。（按《录鬼簿》，武作的是一部分，余为郑作。）

王仲文：《诸葛祭风》《五丈原》。

于伯渊：《斩吕布》。

石君宝：《哭周瑜》。

赵文宝：《烧樊城糜竺收资》。

无名氏：《连环计》《博望烧屯》《隔江斗智》。

这十九种之中，现在只有《单刀会》《博望烧屯》（日本京都文科大学影刻的《元人杂剧三十种》之二），《连环计》《隔江斗智》《王粲登楼》（臧刻《元曲选》百种之一），五种存在。明朝宗室周宪王的《杂剧十段锦》之中，有《关云长义勇辞金》一种，现在也有传本（董康刻的）。

我们研究这几种现存的杂剧，可以推知宋至明初的三国故事大概与现行的《三国演义》里的故事相差不远。内中只有《王粲登楼》一本是捏造出来的情节；如说蔡邕做丞相，曹子建和他同朝为学士，王粲上万言策，得封天下兵马大元帅：都是极浅薄的捏造。其余的几本，虽有小节的不同，但大体上都与《三国演义》相差不多。我们从这些杂剧的名目和现存本上，可以推知元朝的三国故事至少有下列各部分：

（1）吕布故事：《虎牢关三战吕布》《连环计》《斩吕布》。

（2）诸葛亮故事：《卧龙冈》《博望烧屯》《烧樊城》《襄阳会》《祭风》《隔江斗智》《哭周瑜》《五丈原》。

（3）周瑜故事：《谒鲁肃》《隔江斗智》《哭周瑜》。

（4）刘、关、张故事：《三战召布》《斩吕布》及以上诸剧。

（5）关羽故事：《义勇辞金》《单刀会》。

（6）曹植、管宁等小故事。

最可注意的是曹操在宋朝已成了一个被人痛恨的人物（见上引苏轼的话），诸葛亮在元朝已成了一个足计多谋的军师，而关羽已成了一个神人。（《义勇辞金》里称他为"关大王"；《单刀会》是元初的戏，题目已称《关大王单刀会》了。）

散文的《三届演义》自然是从宋以来"说三分"的"话本"变化演进出来的。宋时已有很好的短篇小说，如新发现的《京本通俗小说》（在

《烟画东堂小品》中），便是很明白的例。但宋时有无这样长篇的历史话本，还不可知。旧说都以为《三国演义》是元末明初一个杭州人罗贯中做的。罗贯中，或说是名贯，字本中（《七修类稿》）；或说是名本，字贯中（《续文献通考》）。《水浒传》《三国志》《隋唐演义》《平妖传》等书，相传都是他做的。大概他是当时的一个演义家，曾做了一些演义体的小说。明初的《三国演义》也许真是他做的。但那个本子和现行的《三国演义》不同。当明万历年间，《水将传》的改本已风行了，但《三国演义》还是很浅劣的。胡应麟在《庄岳委谈》里说《三国演义》"绝浅陋可嗤"，又说此书与《水浒》"二书浅深工拙，若霄壤之悬"。可见此书在明朝并不曾受文人的看重。

明朝末年有一个"李卓吾评本"的《三国演义》出现。此本现在也不易得了；日本京都帝国大学铃木豹轩教授藏的一部《英雄谱》，上栏是百十回本的《忠义水浒传》，下栏是这个本子的《三国演义》。我们不知道这个本子和那明初传下来的本子有什么不同的地方，但我们可以断定这个仍旧是很幼稚的。后来清朝初年，有一个毛宗岗（序始），把这个本子大加删改，加上批评，就成了现在通行的《三国志演义》。毛宗岗假托一种"古本"，但我们称他做"毛本"。毛宗岗把明末的本子叫做"俗本"，但我们要称他做"明本"。

毛本有"凡例"十条，说明他删改明本之处。最重要的有几点：

（1）文字上的修正："俗本（即明本，下同）之乎者也等字，大半龃龉不通；又词语冗长，每多复沓处。今悉依古本改正。"

（2）增入的故事："如关公秉烛达旦，管宁割席分坐，曹操分香卖履，于禁陵阙见面，以至武侯夫人之才，康成侍儿之慧，邓艾凤兮之对，钟会不汗之答，杜预《左传》之癖：今悉依古本存之。"

（3）增入的文章："如孔融荐祢衡表，陈琳讨曹操檄，……今悉依古本增入。"

（4）削去的故事："如诸葛亮欲烧魏延于上方谷，诸葛瞻得邓艾书而犹豫未决，之类……今皆削去。"

（5）削去的诗词："俗本每至'后人有诗叹曰'，便处处是周静轩先生，而其诗又甚俚鄙可笑。今此编悉取唐、宋名人作以实之。""俗本往往捏造古人诗句，如钟繇、王朗颂铜雀台，蔡瑁题诗馆驿屋壁，皆伪作七言律体。……今悉依古本削去。"

（6）辨正的故事："俗本纪事多讹。如昭烈闻雷失箸，及马腾入京遇害，关公封汉寿亭侯，之类，皆与古本不合。又曹后骂曹丕，而俗本反书其党恶；孙夫人投江而死，而俗本但纪其归吴。今悉依古本辨定。"

我们看了这些改动之处，便可以推想明本《三国演义》的大概情形了。

我们再总说一句：《三国演义》不是一个人做的，乃是自宋至清初五百多年的演义家的共同作品。

这部书现行本（毛本）虽是最后的修正本，却仍旧只可算是一部很有势力的通俗历史讲义，不能算是一部有文学价值的书。为什么《三国演义》不能有文学价值呢？这也有几个原因：

第一，《三国演义》拘守历史的故事太严，而想像力太少，创造力太薄弱。此书中最精彩，最有趣味的部分在于赤壁之战的前后，从诸葛亮舌战群儒起，到三气周瑜为止。三国的人才都会聚在这一块，"三分"的局面也定于这一个短时期，所以演义家尽力使用他们的想象力与创造力，打破历史事实的束缚，故能把这个时期写的很热闹。我们看元人的《隔江斗智》与此书中三气周瑜的不同，便可以推想演义家运用想象力的自由。因为想象力不受历史的拘束，所以这一大段能见精彩。但全书的大部分都是严守传说的历史，至多不过能在穿插琐事上表现一点小聪明，不敢尽量想像创造，所以只能成一部通俗历史，而没有文学的价值。《水浒传》全是想象，故能出奇出色；《三国演义》大部分是演述与穿插，故无法能出奇出色。

第二，《三国演义》的作者，修改者，最后写定者，都是平凡的陋儒，不是有天才的文学家，也不是高超的思想家。他们极力描写诸葛亮，但他们理想中只晓得"足计多谋"是诸葛亮的大本领，所以诸葛亮竟成一个祭风祭星，神机妙算的道士。他们又想写刘备的仁义，然而他们只能写一个庸懦无能的刘备。他们又想写一个神武的关羽，然而关羽竟成了一个骄傲无谋的武夫。这固是时代的关系，但《三国演义》的作者究竟难逃"平凡"的批评。毛宗岗的凡例里说：

> 俗本谬托李卓吾先生评阅……其评中多有唐突昭烈，漫骂武侯之语，今俱削去。

这种见地便是"平凡"的铁证。至于文学的技术，更"平凡"了。我们试看第四十三回诸葛亮舌战群儒一大段；在作者的心里，这一段总算是极力抬高诸葛亮了；但我们读了，只觉得平凡浅薄，令人欲呕。后来写"三气周瑜"一大段，固然比元人的《隔江斗智》高的多了，但仍是很浅薄的描写，把一个风流儒雅的周郎写成了一个妒忌阴险的小人，并且把诸葛亮也写成了一个奸刁险诈的小人。这些例都是从《三国演义》的最精彩的部分里挑出来的，尚且是这样，其余的部分更不消说了。文学的技术最重剪裁。会剪裁的，只消极力描写一两件事，便能有声有色。《三国演义》最不会剪裁；他的本领在于搜罗一切竹头木屑，破烂铜铁，不肯遗漏一点。因为不肯剪裁，故此书不成为文学的作品。

话虽如此，然而《三国演义》究竟是一部绝好的通俗历史。在几千年的通俗教育史上，没有一部书比得上他的魔力。五百年来，无数的失学国民从这部书里得着了无数的常识与智慧，从这部书里学会了看书写信作文的技能，从这部书里学得了做人与应世的本领。他们不求高超的见解，也不求文学的技能；他们只求一部趣味浓厚，看了使人不肯放手的教科书。《四书五经》不能满足这个要求，《二十四史》与《通鉴》《纲鉴》也不能满足这个要求，《古文观止》与《古文辞类纂》也不能满足这个要求。但是《三国演义》恰能供给这个要求。我们都曾有过这样的要求，我们都曾尝过他的魔力，我们都曾受过他的恩惠。我们都应该对他表示相当的敬意与感谢！

　　【注】作此序时，曾参用周豫才先生的《小说史讲义》稿本，不及一一注出，特记于此。

传记文学（节选）

今天我想讲讲中国最缺乏的一类文学——传记文学。

这并不是因为我对传记文学有特别研究，而是因为我这二三十年来都在提倡传记文学。以前，我在北平、上海曾演讲过几次，提倡传记文学；并且在平常谈话的时候，也曾劝老一辈的朋友们多保留传记的材料，如梁任公先生、蔡孑民先生，和绰号财神菩萨的梁士诒先生等，我都劝过。梁士诒先生有一个时期很受社会的毁谤。有一次，他来看我，我就劝他多留一点传记材料，把自己在袁世凯时代所经过的事，宣布出来，作成自传；不一定要人家相信，但可以借这个机会把自己做事的立场动机赤裸裸的写出来，给历史添些材料。可是这三位先生过去了，都没有留下自传。蔡先生去世十多年，还没有人替他做一部很详细的传记。梁任公先生五十多年的生活，是生龙活虎般的；他的学说，影响了中国数十年；我们觉得应该替他作一部好的传记。那时丁文江先生出来担任搜集梁任公传记的材料，发出许多信并到处登广告，征求梁任公与朋友来往的书札以及其他的记述。丁先生将所得到的几万件材料，委托一位可靠并有素养的学者整理；后来写了一个长篇的初稿，油印几十份交给朋友们校阅。不幸国家多故，主办的丁文江先生很忙，未及定稿他本人也死了。所以梁任公先生传记到现在还没有定稿。梁士诒先生死后，他的学生叶誉虎先生根据他生前所经手做的事情的许多原始材料，编了两本《梁燕孙先生年谱》。这虽然不是梁先生的自传，但是内容完备详细，我看了很高兴。这个年谱的刊行，可以说是我宣传传记文学偶然的收获。今天借这个机会我又要来宣传传记文学了！我希望大家就各人范围之内来写传记，养成搜集传记材料和爱读传记材料的习惯。

师院同学曾要我谈谈《红楼梦》。《红楼梦》也是传记文学，我对《红楼梦》的作者曹雪芹作过考据，搜集曹雪芹传记材料，知道曹雪芹名霑，雪芹是他的别号，他的前四代是曹禧、曹寅、曹颙、曹洪。《现代名人大辞典》里列有曹霑的名字，使爱读《红楼梦》的人知道《红楼梦》作者的真名和他的历史，算是我的小小贡献。这种事情是值得提倡的。

我觉得二千五百年来，中国文学最缺乏最不发达的是传记文学。中国的正史，可以说大部分是集合传记而成的；可惜所有的传记多是短篇的。如《史记》《汉书》《后汉书》《三国志》《晋书》等，其中的传记有许多篇现在看起来仍然是很生动的。我们略举几个例：太史公的《项羽本纪》，写得很有趣味；《叔孙通传》，看起来句句恭维叔孙通，而其实恐怕是句句挖苦叔孙通。《汉书·外戚传》中的《赵飞燕传》，描写得很详细，保存的原料最多。《三国志》裴松之的注，十之八九是传记材料。《晋书》也有许多有趣味的传记，不幸是几百年后才写定的。《晋书》搜集了许多小说——没有经过史官严格审别的材料——成为小说传记，给中国传记文学开了一个新的体裁。后来作墓志铭小传，都是受了初期的几部伟大的历史——《史记》《汉书》《三国志》等——的传记体裁的影响。不过我们一开头就作兴短传记的体裁，是最不幸的事。

中国传记文学第一个重大缺点是材料太少，保存的原料太少，对于被作传的人的人格、状貌、公私生活行为，多不知道；原因是个人的记录日记与公家的文件，大部分毁弃散佚了。这是中国历史记载最大的损失。

除了短篇传记之外，还有许多名字不叫传记，实际是传记文学的"言行录"。这些言行录往往比传记还有趣味。我们中国最早、最出名，全世界都读的言行录，就是《论语》。这是孔子一班弟子或者弟子的弟子，对于孔子有特别大的敬爱心，因而把孔子生平的一言一行记录下来，汇集而成的。

中国从前的文字没有完全做到记录语言的职务；往往在一句话里面把许多虚字去掉了。《尚书·商盘》《周浩》为什么不好懂？就是因为当初记录时，没有把虚字记录下来，变成电报式的文字。现在打电报，为了省钱，把"的""呢""吗"等虚字去掉。古代的文字记载所有过简的毛病，不是省钱，而是因为记录的工具——文字不完全。大概文字初用的时候，单有实字，——名词、代名词，没有虚字。实字是骨干，虚字是血脉，精神。骨干重要，血脉更重要。所以古时的文字，不容易把一个人讲的话很完全的记录下来。到了春秋时代，文字有了进步，开始有说话的完全纪录。最早最好的说话纪录，是《诗经》。《诗经》里的《大雅》《周颂》，文字还不十分完全。但是《国风》全部和《小雅》一部分，是民间歌唱的文字；因为实在太好了，所以记录的人把实字、虚字通通记录下来了。如"投我以木桃；报之以琼瑶。匪报也，永以为好也！"表示口气的"也"字都写出来了。又如"俟我于著乎而？充耳以素乎而？尚之以琼华乎而？"你看看，耳环带红的好，还是带白的好？又带什么花咧？把一个漂亮的小姐问他爱人的神态，通通表现出来了。这是记录文字的一个好榜样。至历史上最好的言行录，就是刚才说的《论语》。《论语》文字，虚字最多。比方"学而时习之，不亦说乎！"一句话有五个虚字。子禽问于子贡曰："夫子至于是邦也，必闻其政。求之欤？抑与之欤？"这是孔子的一个学生问另外一个学生的话。拿现在的话来说：我们的老师到一个国家，就知道人家政治的事情，这是他自己要求得来的，还是人家给了他的呢？子贡答复的最后两句话："夫子之求之也，其诸异乎人之求之欤！"（我们的先生要求知道政治的事情，恐怕同别人家的要求不同一点吧！）这样一句话，竟有十个虚字。这是把说话用文字完完全全记录出来的缘故，妙处也就在这里。

　　《论语》这部书，在中国文学史上占最重要的地位。这部书的绝大部分是记孔子同他的弟子或其他的人问答的话的。聪明的学生问他，有聪明的答复；笨的学生问他同样的一个问题，他的答复便不同。孔子说话，是因人而异的；但他对学生、对平辈，以及对国君——政治领袖——那种不卑不亢的神情，在《论语》里面，是很完整的表现出来了。现在有许多人提倡读经：我希望大家不要把《诗经》《论语》《孟子》当成经看。我们要把这些书当成文学看，才可以得到新的观点，读起来，也才格外发生兴趣。比方鲁定公问孔子一个问题，问得很笨。他问道："一言而可以兴邦，有诸？"这正如现在我要回到美国，美国的新闻记者要我以一分钟的时间报告这次回台湾的观感一样。孔子对曰："言不可以若是；其几也！人之言曰：'为君难，为臣不易。'如知为君之难也，不几乎一言而兴邦乎？"（孔子的话译成现在的话就是："一句话便可以把国家兴盛起来，不会有这样简单的事；但说个'差不多'罢！曾有人说过，'做君上难；做臣下也不容易。'如果一个国君知道做君上的难，那么不是一句话就差不多可以把国家兴盛起来么？"）定公又问："一言而丧邦，有诸？"孔子答复道："言不可以若是；其几也！人之言曰，'予无乐乎为君，唯其言而莫予违也！'如其善而莫之违也，不亦善乎！如不善而莫之违也，不几乎一言而丧邦乎？"（孔子的话译成现代的话就是："一句话把一个国家亡掉，不会有这样简单的事；但说个'差不多'罢！曾有人说过，'我不喜欢做一个国君；做一个国君只有一件事是可喜欢的，那就是：我的话没有人敢违抗。'如果他所说的是好话而没有人敢违抗，那岂不是很好的事！如果他所说的不是好话而没有人敢违抗，那么，岂不是一句话便差不多会把一个国家亡掉了么！"）我们从孔子和鲁定公这段对话来看，知道《论语》里面，用了相当完备的虚字。用了完备的虚字，就能够把孔子循循善诱的神气和不亢不卑的态度都表现出来了。像这样一部真正纯粹的白话言行录，实在是值得宣传，值得仿效的。很可惜的，二千五百年来，没有能继续这个言行录的传统。不过单就《论语》来说，我们也可知道，好的传记文字，就是用白话把一言一行老老实实写下来的。诸位如果读经，应该把《论语》当作一部开山的传记读。

我们若从语言文字发展的历史来看，更可以知道《论语》是一部了不得的书。它是二千五百年来，第一部用当时白话所写的生动的言行录。从《论语》以后，我们历史上使人崇拜的大人物的言行，用白话文记录下来的，也有不少。比方昨天我们讲禅宗问题时提到的许多禅宗和尚留下来的语录，都是用白话写的。这些大和尚的人格、思想，在当时都是了不得的。他有胆量把他的革命思想——守旧的人认为危险的思想说出来，做出来，为当时许多人所佩服。他的徒弟们把他所做的记下来。如果用古文记，就记不到那样的亲切，那样的不失说话时的神气。所以不知不觉便替白话文学、白话散文开了一个新天地。尤其是湖南"德山"和尚和河北"灵济"和尚的语录，可以说都是用最通俗的话写成的。现在我不必引证他们的语录，但是从那记言记行的文字中，可以知道，这些大和尚的语录，的确留下了一批传记的材料。

还有古时的许多大哲学家，思想界的领袖，他们的言行录，也是一批传记的史料。比方死于一千二百年的朱子，在他未死之前，他的学生就曾印出许多《朱子语录》；朱子死了之后，又印出了许多。这些都是朱子的学生们，在某年某月向朱子问学所记录下来的东西。这些语录，大部分是白话文。后来《朱子语录》传出来的太多了，于是在朱子死后六七十年间，便有人出来搜集各家所记的语录，合成一书，以便学者。这就是我们现在所有的黎清德编的《朱子语类》一百四十卷。假如写朱子传记，这部《语类》就是好材料。为朱子写年谱的人很多。最有名的是一位王懋竑先生；他费了半生时间，为朱子写年谱，都是用语录作材料。这些白话语录，记得很详细；有时一段谈话，就有几千字的纪录。这些有价值的材料，到现在还没有充分利用。像这样完全保存下来的史料，实在很少很少。明朝有一位了不得的哲学家王阳明，他的学生佩服老师，爱敬老师，也为老师记下了一大批白话语录。后来就有人根据这些语录，来写王阳明年谱。语录可说是中国传记文学中比较好的一部分。可惜二千五百年来，中国历史上许多真正大学者，平生的说话，很少有人这样详细的用白话记录下来的。就是个人的日记，书翰，札记这类材料，也往往散佚，不能好好的保存下来。所以中国的文学中，二千五百年来，只有短篇的传记，伟大的传记很少很少。

我们再看西洋文学方面是怎样的呢？最古的希腊时代，就有许多可读的传记文学；譬如大哲学家苏格拉底（Socrates）的两个大弟子，都曾写下许多苏格拉底的言行录。他的一个大弟子叫施乃芬（Xenophon），规规矩矩的写他老师的一言一行。另外一个大弟子柏拉图（Plato），是一个天才的文学家。他认为他的老师是一个最伟大的人，不应该没有传记，不应该没有生动的、活的传记。他用戏剧式写出了他的老师苏格拉底和朋友及门人的对话。这种对话留传下来的有几十种。其中关于苏格拉底临死以前的纪录就有三种。当时社会上的人控告苏格拉底，说他是异端、邪说，不相信本国的宗教，煽惑青年、带坏了青年，要予他的惩罚。当时的希腊已是民主政治，就将他交由人民审判——议会审判。柏拉图所描写苏格拉底在法庭上为他自己辩护的对话，叫做《苏格拉底辩护录》，为世界上不朽的传记文学。审判的结果，还是判他死罪。再一部是写他在监里等死的时候，同一个去看他的学生的对话录。还有一部是写他死刑的日子，服毒前的情景。当毒药拿来时，他还如平时一样从容的同他的学生谈话，谈哲学和其他学问的问题，等到时候到了，苏格拉底神色不变的将毒药吃下去。那种毒药的药性，是先从脚下一点一点的发作上来的。苏格拉底用手慢慢向上摸着说："你看！药性已经发作到这地方了。"他的学生看到毒药在他老师身上起着变化，拿一条巾把他盖起来；一会儿苏格拉底还没有死，自己把它拿开了，嘱咐他的学生说："我在药王——医药之神——前许过愿要献他一只鸡。请你不要忘记了，回去以后，到医药之神那里献上一只鸡。"他的学生说："一定不敢忘记。"这是最后的问答。这三种谈话录，可算是世界文学中最美、最生动、最感人的传记文学。

基督教的《新约全书》中有四福音。第四个福音为《约翰福音》，是四福音中较晚的书。前面三个福音为《马太福音》《马可福音》《路加福音》；这三个福音是耶稣死后不久，他的崇拜者所记下来的三种耶稣的言行录，也像《论语》为孔子的一种言行录一样。这三种言行录中有一部分的材料相同，有一部分不相同，但都是记录他们所爱戴的人在世时的一言一行的。这三个福音也是西洋重要的传记文学。以传记文学的眼光来看，是很值得人人一读的。

在希腊、罗马以后，当十八世纪的时候，英国有一个了不得的文学家约翰生博士（Dr. Johnson）。这个人谈锋很好，学问也很好。同时有一个人叫做博施惠（Boswell）的，极崇拜约翰生，就天天将约翰生所说的话记录下来。后来就根据他多年所写的纪录，作了一部《约翰生传》。这是一部很伟大的传记，可以说是开了传记文学的一个新的时代的。

再说九十年前就任美国总统的林肯，是一个出身很穷苦的人。他由于自己努力修养成为一个大人物，在国家最危险的时期出来作领袖。他在被选为连任总统的第一年中，被人刺杀而死。这个真正伟大人物的传记，九十年来仍不断的出来；新材料到今天还时有发现，其中有许多部可以说是最值得读的书。

不但文人和政治家的传记值得读，就是科学家的传记也值得读。近代新医学创始人巴斯德（Pastur）的传记，是由他的女婿写的，也是一部最动人的传记。巴斯德是十九世纪中法国的化学家。到他以后，医学家才确定承认疾病的传染是由于一种微菌。他一生最大的贡献也就在于微菌的发现。……这个重大而最有利于生命的发现，是巴斯德对于人类的大贡献。这一个科学家的传记，使我这个外行人一直看到夜里三四点钟，使我掉下来的眼泪润湿了书叶。我感觉到传记可以帮助人格的教育。我国并不是没有圣人贤人；只是传记文学不发达，所以未能有所发扬。这是我们一个很大的损失。

我们的传记文学为什么不发达呢？我想这个问题值得大家讨论。今天时间不多，只简单的就个人所领会的提出三点：

第一，传记文学写得好，必须能够没有忌讳：忌讳太多，顾虑太多，就没有法子写可靠的生动的传记了。譬如说，中国的帝王也有了不得的人，像汉高祖、汉光武、唐太宗等，都是不易有的人物。但是这些人都没有一本好传记。我刚才说过，古代历史中对传记文学的贡献很少；现在我想起，在《后汉书》中有一篇《汉光武传》，是值得我们注意的。这一篇中，保存了许多光武寄给他的将领、大臣，以及朋友的短信——原来也许是长信，大概是由史官把他删节成为一、二句或几行的短信的。除此以外，其他的帝王传记都没有这样的活材料。因为执笔的人，对于这些高高在上的人多有忌讳，所以把许多有价值的材料都删削去了。讲到这里，我不能不一一提及一件近代的掌故。清朝末年有一个做过外国公使的人的女儿，叫做德菱公主的，懂得几句外国话，后来嫁给外国人。她想出一个发财的方法，要做文学的买卖，就写了一部《西太后传》。你想她这样的人一生中能够看见几次西太后？我恐怕她根本就没有法子看见西太后，所以她从头就造谣言来骗外国人。这样的传记，当然不会有什么大价值的。

此外，有许多人有材料不敢随意流传出去，尤其是专制国家中政治上社会上有地位的人，甚至文人，往往毁灭了许多有价值的传记材料。譬如，清朝的曾国藩，是一个很了不得的人；他死了以后，他的学生们替他写了一个传记。但是我把他的日记（据说印出来的日记已经删掉一部分）对照起来，才知道这本传记，并没有把曾国藩这个人写成活的人物。我们可以说一直到现在，还没有一本好的曾国藩的传记。什么缘故呢？因为有了忌讳。中国的传记文学，因为有了忌讳，就有许多话不敢说，许多材料不敢用，不敢赤裸裸的写一个人、写一个伟大人物、写一个值得做传记的人物。

第二个原因，是我们缺乏保存史料的公共机关。从前我们没有很多的图书馆——公家保存文献的机关，一旦遇到变乱的时候，许多材料都不免毁去。譬如说，来了一个兵乱，许多公家或私人的传记材料都会完全毁灭。我举一件事情来说明这个道理罢。大家知道第一次世界大战时美国总统威尔逊是一个伟大的人物，为举世所公认的伟大领袖。他死了以后，他家属找人替他作传，就邀集了许多朋友在家中商量。后来决定请贝克（Baker）替他作传。贝克考虑后答应了。所需的材料，威尔逊太太答应替他送去；后来由当时的陆军部长下命令，派七节铁甲车替威尔逊太太装传记材料给贝克。你想，光是威尔逊太太家中所存的材料就可以装了七辆车！我们中国因为很少有保存这种材料的地方，所以有些时候，只好将这种材料烧毁了。烧毁之后，不知道毁去多少传记学者要保留的材料。

以上两点，只是部分，说明中国传记文学所以不发达的原因。还有第三个原因是文字的关系。我感觉得中国话是世界上最容易懂的话。但文字的确是困难的。以这样的文字来记录活的语言，确有困难。所以传记文学遂不免吃了大亏。

前边我介绍的几部我们文学中的模范传记，也可以说是我们划时代的传记文学。《论语》是一部以活的文字来记录活的语言的；禅宗和尚的语录，在文学上也开了一个新的纪元，在传记文学上开辟了一个新的天地，提倡了一种新的方法。后来中国理学家的语录，像《朱子语类》和《传习录》（王阳明）等等，多是用白话来记录的。但因为文字的困难，不容易完完全全记录下活的语言，所以这类的文学，发达得比较慢。这是我们传记文学不发达的第三个原因。

最后，我想提出两部我个人认为是中国最近一、二百年来最有趣味的传记。这两部传记，虽然不能说可以与世界上那些了不得的传记相比，但是它在我们中国传记中，却是两部了不得，值得提倡的传记。

一、《罗壮勇公年谱》（即《罗思举年谱》；

二、汪辉祖《病榻梦痕录》及《梦痕余录》。

这两部书，是我多少年来搜求传记文学得到的。现在先介绍第二部。

汪辉祖，本来是一个绍兴师爷。当他十几岁的时候，就开始跟人家学做幕府。后来慢慢的做到正式幕府。所谓幕府，就是刑名师爷。因为从前没有法律学校，士子做官的凭科举进阶。而科举考的是文学，考中的人，又不见得就懂法律，所以做官的人，可以请一个幕府来做法律顾问，以备审问案件的时候的咨询。汪辉祖从十七岁步入仕途，一直在做幕府工作，直到三十九岁左右才中了进士。他虽然没有点翰林，但是已经取得了做官的资格，就奉派到湖南做知县。因为他是做幕府出身的，所以当他奉派到湖南做知县的时候，他没有请幕府。就这样一直做到和他的上司闹翻了，才罢官回乡。在家园中又过了几十年，才与世长辞。他的这部《病榻梦痕录》与《梦痕余录》，写的就是他做幕府与做官的那些经历，实在是一部自传。因为他生在清朝乾嘉时代，受了做官判案的影响，所以他以幕府判案的方法和整理档案的方法，来整理学问的材料。他所著的那部《史姓韵编》，可以说是中国《二十四史》的第一部人名索引。他讲政治的书籍，连《梦痕余录》在内，后人编印了出来，名叫《汪龙庄遗书》。这一部书后来成为销行最广的"做官教科书"，凡是做知县的人，都要用到这部书，因为这部书里头，尽是关于法律、判案、做官及做幕府的东西。我名为"做官教科书"，是名符其实的。

　　汪辉祖的自传，在现代眼光看来，当然嫌它简略。但是我们如果仔细从头读下去，就可以知道这是一部了不得的书。我们读了以后，不但可以晓得司法制度在当时是怎样实行的，法律在当时是怎样用的，还可以从这部自传中，了解当时的宗教信仰和经济生活，所以后来我的朋友卫挺生要写中国经济史，问我到那里去找材料，我就以汪辉祖的书告诉他。因为我看了这本书，知道他在每年末了，把这一年中，一块本洋一柱的换多少钱，二柱、三柱的又换多少钱，谷子麦子每石换多少钱，都记载得很清楚。我当时对本洋的一柱、二柱、三柱等名目，还弄不清楚。卫挺生先生对这本书很感兴趣，研究以后向我说：书中所谓一柱、二柱、三柱，就是罗马字的 I II III，为西班牙皇帝一世、二世、三世的标记。中国当时不认识这种字，所以就叫它一柱、二柱、三柱。

　　其次讲到当时的宗教信仰。这里所谓宗教信仰，不是讲皇帝找和尚去谈禅学，而是说从这本传记中可以了解当时士大夫所信仰的是什么。因为汪辉祖曾经替人家做过幕府，审问过人民的诉讼案件；我们看他的自传，可以知道他是用道德的标准来负起这个严格的责任的。他说：他每天早晨起来，总是点一支香念一遍《太上感应篇》，然后再审案。这是继续不断，数十年如一日的。《太上感应篇》是专讲因果报应的，我们当然不会去相信它，不过还是值得看一看。汪辉祖天天都要念它一遍，这可以代表一个历史事实，代表他们所谓"生做包龙图，死做阎罗王"的思想。包龙图是一个清官，俗传，他死了以后，就做了第五殿阎罗王。所以他们认为生的时候做官清廉，死了就有做阎罗判官的资格。这原是他的一种理想，也可说是当时一般法律家的一大梦想。由于汪辉祖每天要念《太上感应篇》，所以他到了老年生病发烧发寒的时候，就做起怪梦来，说是有个女人来找他去打官司，为的是汪辉祖曾经因为救了一个人的生命，结果使她没有得到贞节牌坊，所以告他一状，说他救生不救死。汪辉祖当时对这个案子虽然很感困难，但也觉得似乎有点对不起那个女子。但是人家既然告了他的状，他也不得不去对质。对质结果，准他的申诉。这一段写得很可笑。我讲这件事有什么意思呢？就是我们从这里可以看出汪辉祖的宗教观。

其次，讲到《罗壮勇公（思举）年谱》——这也是值得一看的书。罗思举是贫苦出身的。当清嘉庆年间，白莲教作乱，官兵不够用了，就用各省的兵。罗思举就是在这个军队中当大兵出身的，后来慢慢晋升，竟做了几省的提督。因为罗思举是当兵出身的，所以他写的自传，都是用的很老实很浅近的白话。现在，我就举一两个例子，来看看他写的是多么的诚朴。他说：他当小孩子的时候，曾经做个贼，偷过人家的东西；他的叔父怕他长大也不学好，所以就把他打了一顿，然后再拿去活埋；幸而掩埋的泥土盖得不多，所以他能够爬了出来，并跑到军队里头去当兵。这一点，可以说是写得很老实的。至于他写清朝白莲教的情形，也很可注意。他说白莲教原不叫白莲教，而叫"百莲教"，就是一连十、十连百的一种秘密组织。当时剿"白莲教"的军队，据他说都是一些叫化子军队；打起狗来，把狗肉吃了，狗皮就披在身上蔽体。这也是一种赤裸裸的写法。最后，我还要举一个例子：我们常常听到人说，我们是精神文明的国家，我们希望这种人把罗思举的年谱仔仔细细的一读。他说，有一天在打仗的时候，送粮的人没有赶上时间，粮草因此断绝。他怕影响军心，于是他就去报告他的长官："我们粮草断绝，没有办法，可不可以把几千俘虏杀来吃？"他的长官说："好。"结果，就把俘虏杀来吃了，留下一些有毛发的部分。第二天，运粮的人仍然没有到，于是又把昨天丢了的那些有毛发的部分捡起来吃。第三天，粮草才运到。这些都是赤裸裸的写实。

　　我过去对中国传记文学感到很失望；但是偶然得了一些值得看一看的材料，所以特别介绍出来供诸位朋友研究。

文学改良刍议

今之谈文学改良者众矣，记者末学不文，何足以言此？然年来颇于此事再四研思，辅以友朋辩论，其结果所得，颇不无讨论之价值。因综括所怀见解，列为八事，分别言之，以与当世之留意文学改良者一研究之。

吾以为今日而言文学改良，须从八事入手。八事者何？

一曰，须言之有物。

二曰，不摹仿古人。

三曰，须讲求文法。

四曰，不作无病之呻吟。

五曰，务去烂调套语。

六曰，不用典。

七曰，不讲对仗。

八曰，不避俗字俗语。

一曰须言之有物

吾国近世文学之大病，在于言之无物。今人徒知"言之无文，行之不远"；而不知言之无物，又何用文为乎？吾所谓"物"，非古人所谓"文以载道"之说也。吾所谓："物"，约有二事：

（一）情感　《诗序》曰："情动于中而形诸言。言之不足，故嗟叹之。嗟叹之不足，故咏歌之。咏歌之不足，不知手之舞之，足之蹈之也。"此吾所谓情感也。情感者，文学之灵魂。文学而无情感，如人之无魂，木偶而已，行尸走肉而已（今人所谓"美感"者，亦情感之一也）。

（二）思想　吾所谓"思想"，盖兼见地，识力，理想三者而言之。思想不必皆赖文学而传，而文学以有思想而益贵；思想亦以有文学的价值而益贵也：此庄周之文，渊明、老杜之诗，稼轩之词，施耐庵之小说，所以夐绝千古也。思想之在文学，犹脑筋之在人身。人不能思想，则虽面目姣好，虽能笑啼感觉，亦何足取哉？文学亦犹是耳。

文学无此二物，便如无灵魂无脑筋之美人，虽有秾丽富厚之外观，抑亦末矣。近世文人沾沾于声调字句之间，既无高远之思想，又无真挚之情感，文学之衰微，此其大因矣。此文胜之害，所谓言之无物者是也。欲救此弊，宜以质救之。质者何？情与思二者而已。

二曰不摹仿古人

文学者，随时代而变迁者也。一时代有一时代之文学：周、秦有周、秦之文学，汉、魏有汉、魏之文学，唐、宋、元、明有唐、宋、元、明之文学。此非吾一人之私言，乃文明进化之公理也。即以文论，有《尚书》之文，有先秦诸子之文，有司马迁、班固之文，有韩、柳、欧、苏之文，有语录之文，有施耐庵、曹雪芹之文：此文之进化也。试更以韵文言之：《击壤》之歌，《五子》之歌，一时期也；《三百篇》之诗，一时期也；屈原、荀卿之骚赋，又一时期也；苏、李以下，至于魏、晋，又一时期也；江左之诗流为排比，至唐而律诗大成，此又一时期也；老杜、香山之"写实"体诸诗（如杜之《石壕吏》《羌村》，白之《新乐府》），又一时期也；诗至唐而极盛，自此以后，词曲代兴，唐、五代及宋初之小令，此词之一时代也；苏、柳（永）、辛、姜之词，又一时代也；至于元之杂剧传奇，则又一时代矣；凡此诸时代，各因时势风会而变，各有其特长，吾辈以历史进化之眼光观之，决不可谓古人之文学皆胜于今人也。左氏、史公之文奇矣，然施耐庵之《水浒传》视《左传》《史记》何多让焉？《三都》《两京》之赋富矣，然以视唐诗宋词，则糟粕耳。此可见文学因时进化，不能自止。唐人不当作商、周之诗，宋人不当作相如、子云之赋，——即令作之，亦必不工。逆天背时，违进化之迹，故不能工也。

既明文学进化之理，然后可言吾所谓"不摹仿古人"之说。今日之中国，当造今日之文学，不必摹仿唐、宋，亦不必摹仿周、秦也。前见《国会开幕词》，有云："于铄国会，遵晦时休。"此在今日而欲为三代以上之文之一证也。更观今之"文学大家"，文则下规姚、曾，上师韩、欧；更上则取法秦、汉、魏、晋，以为六朝以下无文学可言，此皆百步与五十步之别而已，而皆为文学下乘。即令神似古人，亦不过为博物院中添几许"逼真赝鼎"而已，文学云乎哉！昨见陈伯严先生一诗云：

涛园抄杜句，半岁秃千毫。所得都成泪，相过问奏刀。万

灵噤不下，此老仰弥高。胸腹回滋味，徐看薄命骚。

此大足代表今日"第一流诗人"摹仿古人之心理也。其病根所在，在于以"半岁秃千毫"之工夫作古人的钞胥奴婢，故有"此老仰弥高"之叹。若能洒脱此种奴性，不作古人的诗，而惟作我自己的诗，则决不致如此失败矣。

吾每谓今日之文学，其足与世界"第一流"文学比较而无愧色者，独有白话小说（我佛山人，南亭亭长，洪都百炼生三人而已）一项。此无他故，以此种小说皆不事摹仿古人（三人皆得力于《儒林外史》《水浒》《石头记》。然非摹仿之作也），而惟实写今日社会之情状，故能成真正文学。其他学这个，学那个之诗古文家，皆无文学之价值也。今之有志文学者，宜知所从事矣。

三曰须讲文法

今之作文作诗者，每不讲求文法之结构。其例至繁，不便举之，尤

以作骈文律诗者为尤甚。夫不讲文法，是谓"不通"。此理至明，无待详论。

四曰不作无病之呻吟

此殊未易言也。今之少年往往作悲观，其取别号则曰"寒灰""无生""死灰"；其作为诗文，则对落日而思暮年，对秋风而思零落，春来则惟恐其速去，花发又惟惧其早谢；此亡国之哀音也。老年人为之犹不可，况少年乎？其流弊所至，遂养成一种暮气，不思奋发有为，服劳报国，但知发牢骚之音，感喟之文；作者将以促其寿年，读者将亦短其志气：此吾所谓无病之呻吟也。国之多患，吾岂不知之？然病国危时，岂痛哭流涕所能收效乎？吾惟愿今之文学家作费舒特（Fichte）（**今译费希特**）、作玛志尼（Mazzini）（**今译马志尼**），而不愿其为贾生、王粲、屈原、谢皋羽也。其不能为贾生、王粲、屈原、谢皋羽，而徒为妇人醇酒丧气失意之诗文者，尤卑卑不足道矣！

五曰务去烂调套语

今之学者，胸中记得几个文学的套语，便称诗人。其所为诗文处处是陈言烂调，"蹉跎""身世""寥落""飘零""虫沙""寒窗""斜阳""芳草""春闺""愁魂""归梦""鹃啼""孤影""雁字""玉楼""锦字""残更"……之类，累累不绝，最可憎厌。其流弊所至，遂令国中生出许多似是而非，貌似而实非之诗文。今试举吾友胡先骕先生一词以证之：

> 荧荧夜灯如豆，映幢幢孤影，凌乱无据。翡翠衾寒，鸳鸯瓦冷，禁得秋宵几度？幺弦漫语，早丁字帘前，繁霜飞舞。袅袅余音，片时犹绕柱。

此词骤观之，觉字字句句皆词也，其实仅一大堆陈套语耳。"翡翠衾"，"鸳鸯瓦"，用之白香山《长恨歌》则可，以其所言乃帝王之衾之瓦也。

"丁字帘""幺弦",皆套语也。此词在美国所作,其夜灯决不"荧荧如豆",其居室尤无"柱"可绕也。至于"繁霜飞舞",则更不成话矣。谁曾见繁霜之"飞舞"耶?

吾所谓务去烂调套语者,别无他法,惟在人人以其耳目所亲见亲闻所亲身阅历之事物,一一自己铸词以形容描写之;但求其不失真,但求能达其状物写意之目的,即是工夫。其用烂调套语者,皆懒惰不肯自己铸词状物者也。

六曰不用典

吾所主张八事之中,惟此一条最受朋友攻击,盖以此条最易误会也。吾友江亢虎君来书曰:

> 所谓典者,亦有广狭二义。饾饤獭祭,古人早悬为厉禁;若并成语故事而屏之,则非惟文字之品格全失,即文字之作用亦亡。……文字最妙之意味,在用字简而涵义多。此断非用典不为功。不用典不特不可作诗,并不可写信,且不可演说。来函满纸"旧雨""虚怀""治头治脚""舍本逐末""洪水猛兽""发聋振聩""负弩先驱""心悦诚服""词坛""退避三舍""滔天""利器""铁证"……皆典也。试尽抉而去之,代以俚语俚字,将成何说话?其用字之繁简,犹其细焉。恐一易他词,虽加倍蓰而涵义仍终不能如是恰到好处,奈何?……

此论甚中肯要。今依江君之言,分典为广狭二义,分论之如下:

(一)广义之典非吾所谓典也。广义之典约有五种:

(甲)古人所设譬喻 其取譬之事物,含有普通意义,不以时代而失其效用者,今人亦可用之。如古人言"以子之矛,攻子之盾",今人虽不读书者,亦知用"自相矛盾"之喻,然不可谓为用典也。上文所举例中之"治头治脚""洪水猛兽""发聋振聩"……皆此类也。盖设譬取喻,贵能切当;若能切当,固无古今之别也。若"负弩先驱""退避三舍"之类，在今日已非通行之事物，在文人相与之间，或可用之，然终以不用为上。如言"退避"，千里亦可，百里亦可，不必定用"三舍"之典也。

（乙）成语　成语者，合字成辞，别为意义。其习见之句，通行已久，不妨用之。然今日若能另铸"成语"，亦无不可也。"利器""虚怀""舍本逐末"……皆属此类。此非"典"也，乃日用之字耳。

（丙）引史事　引史事与今所论议之事相比较，不可谓为用典也。如老杜诗云，"未闻殷周衰，中自诛褒妲"，此非用典也。近人诗云，"所以曹孟德，犹以汉相终"，此亦非用典也。

（丁）引古人作比　此亦非用典也。杜诗云，"清新庾开府，俊逸鲍参军"，此乃以古人比今人，非用典也。又云，"伯仲之间见伊吕，指挥若定失萧曹"，此亦非用典也。

（戊）引古人之语　此亦非用典也。吾尝有句云，"我闻古人言，艰难惟一死"。又云，"尝试成功自古无，放翁此语未必是"。此乃引语，非用典也。

以上五种为广义之典，其实非吾所谓典也。若此者可用可不用。

（二）狭义之典，吾所主张不用者也。吾所谓用"典"者，谓文人词客不能自己铸词造句以写眼前之景，胸中之意，故借用或不全切，或全不切之故事陈言以代之，以图含混过去：是谓"用典"。上所述广义之典，除戊条外，皆为取譬比方之辞。但以彼喻此，而非以彼代此也。狭义之用典，则全为以典代言，自己不能直言之，故用典以言之耳，此吾所谓用典与非用典之别也。狭义之典亦有工拙之别，其工者偶一用之，未为不可，其拙者则当痛绝之。

（子）用典之工者　此江君所谓用字简而涵义多者也。客中无书不能多举其例，但杂举一二，以实吾言：

（1）东坡所藏"仇池石"，王晋卿以诗借观，意在于夺。东坡不敢不借，先以诗寄之，有句云，"欲留嗟赵弱，宁许负秦曲。传观慎勿许，间道归应速"。此用蔺相如返璧之典，何其工切也！

53

（2）东坡又有"章质夫送酒六壶，书至而酒不达"。诗云，"岂意青州六从事，化为乌有一先生"。此虽工已近于纤巧矣。

（3）吾十年前尝有读《十字军英雄记》一诗云："岂有酖人羊叔子？焉知微服赵主父？十字军真儿戏耳，独此两人可千古。"以两典包尽全书，当时颇沾沾自喜，其实此种诗，尽可不作也。

（4）江亢虎代华侨诔陈英士文有"未悬太白，先坏长城。世无钼麑，乃戕赵卿"四句，余极喜之。所用赵宣子一典，甚工切也。

（5）王国维咏史诗，有"虎狼在堂室，徙戎复何补？神州遂陆沉，百年委榛莽。寄语桓元子，莫罪王夷甫"。此亦可谓使事之工者矣。

上述诸例，皆以典代言，其妙处，终在不失设譬比方之原意；惟为文体所限，故譬喻变而为称代耳。用典之弊，在于使人失其所欲譬喻之原意。若反客为主，使读者迷于使事用典之繁，而转忘其所为设譬之事物，则为拙矣。古人虽作百韵长诗，其所用典不出一二事而已（《北征》与白香山《悟真寺诗》皆不用一典）。今人作长律则非典不能下笔矣。尝见一诗八十四韵，而用典至百余事，宜其不能工也。

（丑）用典之拙者　用典之拙者，大抵皆懒惰之人，不知造词，故以此为躲懒藏拙之计。惟其不能造词，故亦不能用典也。总计拙典亦有数类：

（1）比例泛而不切，可作几种解释，无确定之根据。今取王渔洋《秋柳》一章证之：

> 娟娟凉露欲为霜，万缕千条拂玉塘。浦里青荷中妇镜，江干黄竹女儿箱。空怜板渚隋堤水，不见琅琊大道王。若过洛阳风景地，含情重问永丰坊。

此诗中所用诸典无不可作几样说法者。

（2）僻典使人不解。夫文学所以达意抒情也。若必求人人能读五车书，然后能通其文，则此种文可不作矣。

（3）刻削古典成语，不合文法。"指兄弟以孔怀，称在位以曾是"（章太炎语），是其例也。今人言"为人作嫁"亦不通。

（4）用典而失其原意。如某君写山高与天接之状，而曰"西接杞天倾"是也。

（5）古事之实有所指，不可移用者，今往乱用作普通事实。如古人灞桥折柳，以送行者，本是一种特别土风。阳关、渭城亦皆实有所指。今之懒人不能状别离之情，于是虽身在滇越，亦言灞桥；虽不解阳关、渭城为何物，亦皆言"阳关三叠""渭城离歌"。又如张翰因秋风起而思故乡之莼羹鲈脍，今则虽非吴人，不知莼鲈为何味者，亦皆自称有"莼鲈之思"。此则不仅懒不可救，直是自欺欺人耳！

凡此种种，皆文人之下下工夫，一受其毒，便不可救。此吾所以有"不用典"之说也。

七曰不讲对仗

排偶乃人类言语之一种特性，故虽古代文字，如老子、孔子之文，亦间有骈句。如"道可道，非常道；名可名，非常名。无名天地之始，有名万物之母。故常无，欲以观其妙；常有，欲以观其徼"，此三排句也。"食无求饱，居无求安"；"贫而无谄，富而无骄""尔爱其羊，我爱其礼"，此皆排句也。然此皆近于语言之自然，而无牵强刻削之迹；尤未有定其字之多寡，声之平仄，词之虚实者也。至于后世文学末流，言之无物，乃以文胜；文胜之极，而骈文律诗兴焉，而长律兴焉。骈文律诗之中非无佳作，然佳作终鲜。所以然者何？岂不以其束缚人之自由过甚之故耶？（长律之中，上下古今，无一首佳作可言也。）今日而言文学改良，当"先立乎其大者"，不当枉废有用之精力于微细纤巧之末：此吾所以有废骈废律之说也。即不能废此两者，亦但当视为文学末技而已，非讲求之急务也。

今人犹有鄙夷白话小说为文学小道者，不知施耐庵、曹雪芹、吴趼人皆文学正宗，而骈文律诗乃真小道耳。吾知必有闻此言而却走者矣。

八曰不避俗语俗字

吾惟以施耐庵、曹雪芹、吴趼人为文学正宗，故有"不避俗字俗语"之论也（参看上文第二条下）。盖吾国言文之背驰久矣。自佛书之输入，译者以文言不足以达意，故以浅近之文译之，其体已近白话。其后佛氏讲义语录尤多用白话为之者，是为语录体之原始。及宋人讲学以白话为语录，此体遂成讲学正体（明人因之）。当是时，白话已久入韵文，观唐、宋人白话之诗词可见也。及至元时，中国北部已在异族之下，三百余年矣（辽、金、元）。此三百年中，中国乃发生一种通俗行远之文学。文则有《水浒》《西游》《三国》之类，戏曲则尤不可胜计（关汉卿诸人，人各著剧数十种之多。吾国文人著作之富，未有过于此时者也）。以今世眼光观之，则中国文学当以元代为最盛；可传世不朽之作，当以元代为最多：此可无疑也。当是时，中国之文学最近言文合一，白话几成文学的语言矣。使此趋势不受阻遏，则中国几有一"活文学出现"，而但丁、路得（**今译路德**）之伟业（欧洲中古时，各国皆有俚语，而以拉丁文为文言，凡著作书籍皆用之，如吾国之以文言著书也。其后意大利有但丁（Dante）诸文豪，始以其国俚语著作。诸国踵与，国语亦代起。路得（Luther）创新教始以德文译《旧约》《新约》，遂开德文学之先。英、法诸国亦复如是。今世通用之英文《新旧约》乃1611年译本，距今才三百年耳。故今日欧洲诸国之文学，在当日皆为俚语。迨诸文豪兴，始以"活文学"代拉丁之死文学；有活文学而后有言文合一之国语也），几发生于神州。不意此趋势骤为明代所阻，政府既以八股取士，而当时文人如何、李七子之徒，又争以复古为高，于是此千年难遇言文合一之机会，遂中道夭折矣。然以今世历史进化的眼光观之，则白话文学之为中国文学之正宗，又为将来文学必用之利器，可断言也（此"断言"乃自作者言之，赞成此说者今日未必甚多也）。以此之故，吾主张今日作文作诗，宜采用俗语俗字。与其用三千年前之死字（如"于铄国会，遵晦时休"之类），不如用二十世纪之活字；与其作不能行远不能普及之秦、汉、六朝文字，不如作家喻户晓之《水浒》《西游》文字也。

结论

上述八事，乃吾年来研思此一大问题之结果。远在异国，既无读书之暇晷，又不得就国中先生长者质疑问难，其所主张容有矫枉过正之处。然此八事皆文学上根本问题，一一有研究之价值。故草成此论，以为海内外留心此问题者作一草案。谓之刍议，犹云未定草也，伏惟国人同志有以匡纠是正之。

什么是"国语的文学""文学的国语"
（节选）

（陈纪滢先生）问：胡先生当年提倡文学革命提出了八项要点，这八项要点，今天有没有可修正和补充的？

答：我刚从一个演讲会来，不知道怎样应付这个作家们的招待会。我很惭愧，我算是新文艺创作的逃兵，我从来没有参加过创作，除了从前尝试了一点白话诗以外，没有敢挑起创作的工作，今天在座的都是创作的作家，所以我很觉惭愧。

刚才陈先生问到民国五年至六年间我们最初为文学改革所提出的八项，现在隔了很多时候，连八项细目都记不清了，不过我记得那时很胆小很和平的提议，当时我只说文学改良，还没有敢说文学革命，所提出的八项是对当时文艺状况而言的，其中有几项，恐怕现在可以不用说了。八项中最重要的是"用白话"，有了这一项，另一项的"不用典"，便不成问题，能用道地的，地道的白话，便用不着用"典"。还有一项"无病呻吟"，这在旧文艺新文艺，恐怕都是不容易作具体的批评。后来我在第二次发表文章时，便把八项归纳成一项或二项了。即："历史的文学见解"，简单的说，就是一个时代有一个时代的文学，这一点是可以存在的。后来又归纳成十个字："国语的文学，文学的国语"。消极方面，我们要提倡白话，因为现在是新的时代，是活的时代，在新时代活时代中用死文字不能产生活的文学。我们举例证明我们所提倡的在原则上是不错的，就是在历史上有许多人用白话作诗填词，尤其是小说，因为历史上给我们许多好的例子，使我们的"历史文学观"才能站得住，才能在国内取信于人，使一部分人相信我们的说法，觉得还有道理。积极方面就是十个字"国语的文学，文学的国语"。就是必须以白话作文学。所谓国语，不是以教育部也不是以国音筹备会所规定的作标准，而是要文学作家放胆的用国语做文学，有了国语的文学，自然有文学的国语。后来的文艺都是朝这个方向走的。

（何容先生）问：胡先生说："有了国语的文学，自然有文学的国语"，多少年来，在国语的创造过程中，除了以白话写文学作品外，发生了取材来源的问题。有人在旧的诗词歌赋里寻辞藻，有的在活的语言里找材料。请胡先生根据中外文学史上的看法，对国语的取材和生活的语言里找材料应该有些什么要注意，给我们指示，免得暗中瞎摸，走很多冤枉路。

答：何先生问的问题很大，我觉得何先生自己已经提出了正确的答案了。从活的语言里找材料，是最正当合理的路；在旧文学里找材料，我认为除了做文学史的研究以外，恐无多大希望！在活的语言里找材料，当初我们提倡国语文学时，在文字上，口说上都说得很清楚，所谓"国语的文学"，我们不注重统一，我们说得很明白：国语的语言——全国语言的来源，是各地的方言，国语是流行最广而已有最早的文学作品。就是说国语有两个标准，一是流行最广的方言，一是从方言里产生了文学。全世界任何国家如欧洲的意大利、法国、德国、西班牙、英国的文学革命，开始都是以活的语言而流行最广的国语，这是第一个标准。第二，这个方言最好产生文学，作教学的材料。总之国语起源于方言，我是希望国语增加它的内容，增加它的新的辞藻，活的材料，它的来源只有一个，就是方言。拿过去的文学来看，《醒世姻缘》的伟大，就是作者蒲松龄敢用山东土话，所用的并且是山东淄川、章邱的土话，《金瓶梅》（到现在还不知作者是谁）也是用的山东土话，《水浒传》里有许多是中国东北部西北部的方言，《儿女英雄传》《红楼梦》用的更是纯粹的北京话，这也是方言。敢用真正实地的谨严的记录下来的方言，才使这些书成为不朽的名著。所以我不主张注重统一，而要想法子在各地的方言里找活的材料，以增加国语的蓬勃性文学性，不知何先生以为如何？

（**王蓝先生**）问：胡先生近年来对于新诗戏剧的创作，不知有没有作品？胡先生在台北公开演讲，听众人山人海，仍有许多人向隅。假使胡先生有新的剧本创作，我们每天可以上演，把胡先生的思想透过文艺，比胡先生自己公开演讲更有意思。

美国最近文坛概况胡先生顺便告诉我们。

答：王先生提出的两个问题，我恐怕都要缴白卷。新诗，我从前尝试过多少次，近年来，便没有作过。这次离美返国前曾把以前作的新诗，无论在杂志上发表过的或没有发表过的搜集在一块，交与一位朋友看，匆忙中没有带来，将来准备在台湾刊印，这在文坛上绝不会有任何贡献，不过有一点历史的意味。当初做新诗，像开山开路一样，等到路开成了，自己却逃了。拟刊印的诗集，只是一点过去的成绩，印出来以后，还请大家指教。

戏剧，我一生就没敢作过，从前写的独幕剧《终身大事》，那是小玩意！王先生的意思，甚为谢谢！等我把几本书写出后，到七十岁八十岁之间，我也许会来尝试尝试戏剧的创作。

第二个问题，我要完全缴白卷了，几年来因为世界政治形势的太不安定，我差不多放弃了对于文学的研究。关于美国文坛的情况，《纽约时报》和《论坛报》每周都有一张销行最广的书目表分送，表内所列的新书，一面是属于小说的，一面是非小说的。这两张表所列的新书，小说方面，十部中我顶多看了一二部，非小说的，十部中顶多看三四部。我对于美国文坛还没有做过有系统的考察，诸位有兴趣，我去美后如有时间，当加以研究，随时向国内文艺界作简单的报告，现在只好缴白卷了。

（赵友培先生）问：有许多人的看法是：提倡民族文化与提倡近代文化，好像有些冲突，这两者之间，如何求其沟通？

答：这个问题，应该分开来说：关于读经部分，这个问题，不在今天讨论的范围之内，暂且放着。

至赵先生讲的后半段，我倒很想讨论一下。有许多人说，要白话文作得好，古书要读得好。比方胡适之、周作人、鲁迅，他们白话文作得好，都是旧书读得好。这个话是不正确的。有机会，我都尽量驳他。我们这一辈，因为时代的关系，念了许多古书，古文够得上说是读通了。但是我希望将来的作家，不要走这一条路，我们因为旧书读多了，作白话文往往不能脱掉旧文学的影响，所以白话文作不好。语言学专家，也是世界语言学泰斗，赵元任先生曾同我说："适之，你的白话不够白。"这个批评是不错的。《胡适文存》再版序里，我就说过，作过旧文学的人，不能作好新文学，这等于裹了小脚的女人要放脚，无论如何不能恢复他的天然脚，只有添一点棉花，冒充大脚。我们学过文言文，没有办法写好白话文，我常常说，写好的白话文，一定要等我们的儿子们或孙子们了。所以一方面希望我们的政府多多提倡活的文学（白话文），增加活的文学教材，减少死的文学教材，并不要使古文白话并在一块，文白不分，使得后来的小孩子弄不清楚那种是活的语言，那种是死的语言。我当初认为我们的儿子，也许是过渡时间。到了我们的孙子，一定作纯粹的白话文，可是多少年来，教科书里面，夹着死的文学，弄得儿童认识不清楚真正语言的纯粹性。直到今天，白话文的进展，还不能达到我们的希望。我们的儿子辈，现在已经不能作好的白话文！如积极提倡纯粹的白话文学，将来也许产生好的白话文学。千万不要把脚裹小了再来放脚。我觉得这一点值得大家注意，也是我诚恳的希望。

（李辰冬先生）问：胡先生在所讲的治学方法，是从自然科学来的。但自然的现象是固定的，人，不是固定的。用自然科学方法来研究人文科学，只能看到一个角度。以《西游记》来说，写唐僧是一个脓包，从这人来看，时代来看，唐僧不是唐玄奘，而是明世宗；猪八戒是严嵩。这种方法，不知道对不对？

答：这个问题很大，今天时间不够了，只能作很简单的答复。

我觉得研究文学有两种看法。我三十年来作的小说考证的工作，完全是文学史的看法，不是研究文学的看法。研究文学，让给许多作家去作。

刚才李先生所讲的方法，危险性很大，求证据很困难。我们中国有名的小说，可分为两大类，一大类是经过长时期的演变下来的。《水浒传》《西游记》《三国演义》《东周列国》《封神榜》《隋唐演义》，都是例子。这些小说的来源，都是很简单、很短的故事，慢慢扩充成功伟大的创作。如《水浒传》由简单的故事变成一百回、一百二十回、一百二十四回，《西游记》也是一样的，我们知道唐僧取经的故事，是很简单很短的。现在的《西游记》，是历史演变成的。从历史的演变来看，就是用历史的演变的方法来研究，不加以主观的看法。

另一大类，是创作小说。创作小说，产生得很晚。起初都是短篇，《三言》《两拍》。到了后来，才有长篇的创作，譬如《儒林外史》《海上花列传》《儿女英雄传》。我考证创作小说，也一样的用考证文学史的方法。如《儒林外史》作者吴敬梓的考证，把他的传记材料搜在一块，认识他的思想和背景，吴敬梓是颜、李学派的信徒，反对八股，反对当时教育制度，考试制度。《红楼梦》作者曹雪芹的考证，也是一样的，把他的名字找出来。他的父亲是什么人？叔父、祖父是什么人也找出来。《儿女英雄传》初版，作者用一个假的名，假的序。我照样用传记材料来证明《儿女英雄传》是光绪年间一个旗人文康作的。

文学史上有两个不同的考证，一个是传记考证，一个是历史的演变。李先生刚才说的对于《西游记》的研究，我很想看看新的材料。不过我觉得《西游记》是历史演变成的东西，我想我们研究文学史，看他如何演变，不必太去深求；太去深求，也许容易走上猜谜的一条路。你说唐僧是写的明世宗，猪八戒写的严嵩，孙悟空、沙和尚又写的谁呢？我们要晓得几百年前南宋时代，唐玄奘取经的故事里面，就有了沙和尚，那时写的是谁呢？历史的看法，"大胆的假设"，包括李先生的方法，但是还得要"小心的求证"。根据我个人的经验，中国的旧小说分成两大类，一个是演变的，一个是创作的，这一点值得提供文学史研究者的参考。

国语与国语文法

什么是国语？我们现在研究国语文法，应该先问：什么是国语？什么是国语的文法？

"国语"这两个字很容易误解。严格说来，现在所谓"国语"，还只是一种尽先补用的候补国语：并不是现任的国语。这句话的意思是说，这一种方言已有了做中国国语的资格，但此时还不曾完全成为正式的国语。

一切方言都是候补的国语，但必须先有两种资格，方才能够变成正式的国语。

第一，这一种方言，在各种方言之中，通行最广。

第二，这一种方言，在各种方言之中，产生的文学最多。

我们试看欧洲现在的许多国语，那一种不是先有了这两项资格的？当四百年前，欧洲各国的学者都用拉丁文著书通信，和中国人用古文著书通信一样。那时各国都有许多方言，还没有国语。最初成立的是意大利的国语。意大利的国语起先也只是突斯堪尼（Tuscany）的方言，因为通行最广，又有了但丁（Dante）、鲍卡曲（今译薄伽丘）（Boccacio）等人用这种方言做文学，故这种方言由候补的变成正式的国语。英国的国语当初也只是一种"中部方言"，后来渐渐通行，又有了乔叟（Chaucer）与卫克立夫（今译威克列夫）（Wycliff）等人的文学，故也由候补的变成正式的国语。此外法国、德国及其他各国的国语，都是先有这两种资格，后来才变成国语的。

我们现在提倡的国语，也具有这两种资格。第一，这种语言是中国通行最广的一种方言，——从东三省到西南三省（四川、云南、贵州），从长城到长江，那一大片疆域内，虽有大同小异的区别，但大致都可算是这种方言通行的区域。东南一角虽有许多种方言，但没有一种通行这样远的。第二，这种从东三省到西南三省，从长城到长江的普通话，在这一千年之中，产生了许多有价值的文学的著作。自从唐以来，没有一代没有白话的著作。禅门的语录和宋明的哲学语录自不消说了。唐诗里已有许多白话诗；到了晚唐，白话诗更多了。寒山和拾得的诗几乎全是白话诗。五代的词里也有许多白话的词。李后主的好词多是白话的。宋诗中更多白话；邵雍与张九成虽全用白话，但做的不好；陆放翁与杨诚斋的白话诗便有文学价值了。宋词变为元曲，白话的部分更多。宋代的白话小说，如《宣和遗事》之类，还在幼稚时代。自元到明，白话的小说方才完全成立。《水浒传》《西游记》《三国志》代表白话小说的"成人时期"。自此以后，白话文学遂成了中国一种绝大的势力。这种文学有两层大功用：（一）使口语成为写定的文字；不然，白话决没有代替古文的可能；（二）这种白话文学书通行东南各省，凡口语的白话及不到的地方，文学的白话都可侵入，所以这种方言的领土遂更扩大了。

这两种资格，缺了一种都不行。没有文学的方言，无论通行如何远，决不能代替已有文学的古文：这是不用说的了。但是若单有一种文学，不能行到远地，那也是不行的。例如广东话也有绝妙的"粤讴"，苏州话也有"苏白"的小说。但这两种方言通行的区域太小，故必不能成为国语。

我们现在提倡的国语是一种通行最广最远又曾有一千年的文学的方言。因为他有这两种资格，故大家久已公认他作中国国语的唯一候选人，故全国人此时都公认他为中国国语，推行出去，使他成为全国学校教科书的用语，使他成为全国报纸杂志的用语，使他成为现代和将来的文学用语。这是建立国语的唯一方法。

什么是国语文法？凡是一种语言，总有他的文法。天下没有一种没有文法的语言，不过内容的组织彼此有大同小异或小同大异的区别罢了。但是，有文法和有文法学不同。一种语言尽管有文法，却未必一定有文法学。世界文法学发达最早的，要算梵文和欧洲的古今语言。中国的文法学发生最迟。古书如公羊、穀梁两家的《春秋传》，颇有一点论文法的话，但究竟没有文法学出世。清朝王引之的《经传释词》，用归纳的方法来研究古书中"词"的用法，可称得一部文法书。但王氏究竟缺乏文法学的术语和条理，故《经传释词》只是文法学未成立以前的一种文法参考书，还不曾到文法学的地位。直到马建忠的《文通》出世（清光绪二十四年，西历1898年），方才有中国文法学。马氏自己说："上稽经史，旁及诸子百家，下至志书小说，凡措字遣辞，苟可以述吾心中之意以示今而传后者，博引相参，要皆有一成不变之例。"（《文通·前序》）又说："斯书也，因西文已有之规矩，于经籍中求其所同所不同者，曲证繁引，以确知华文义例之所在。"（《后序》）到这个时代，术语也完备了，条理也有了，方法也更精密了，故马建忠能建立中国文法学。

中国文法学何以发生的这样迟呢？我想，有三个重要的原因。第一，中国的文法本来很容易，故人不觉得文法学的必要。聪明的人自能"神而明之"，笨拙的人也只消用"书读千遍，其义自见"的笨法，也不想有文法学的捷径。第二，中国的教育本限于很少数的人，故无人注意大多数人的不便利，故没有研究文法学的需要。第三，中国语言文字孤立几千年，不曾有和他种高等语言文字相比较的机会。只有梵文与中文接触最早，但梵文文法太难，与中文文法相去太远，故不成为比较的材料。其余与中文接触的语言，没有一种不是受中国人的轻视的，故不能发生比较研究的效果。没有比较，故中国人从来不曾发生文法学的观念。

这三个原因之中，第三原因更为重要。欧洲自古至今，两千多年之中，随时总有几种平等的语言文字互相比较，文法的条例因有比较遂更容易明白。我们的语言文字向来没有比较参证的材料，故虽有王念孙、王引之父子那样高深的学问，那样精密的方法，终不能创造文法学。到了马建忠，便不同了。马建忠得力之处全在他懂得西洋的古今文字，用西洋的文法作比较参考的材料。他研究"旁行诸国语言之源流，若希腊，若拉丁之文词，而属比之，见其字别种而句司字，所以声其心而形其意者，皆有一定不易之律；而因以律夫吾经籍子史诸书，其大纲盖无不同。于是因所同以同夫所不同者。"（《后序》）看这一段，更可见比较参考的重要了。

但是马建忠的文法只是中国古文的文法。他举的例，到韩愈为止；韩愈到现在，又隔开一千多年了。《马氏文通》是一千年前的古文文法，不是现在的国语的文法。马建忠的大缺点在于缺乏历史进化的观念。他把文法的条例错认作"一成之律，历千古而无或少变"（《前序》）。其实从《论语》到韩愈，中国文法已经过很多的变迁了；从《论语》到现在，中国文法也不知经过了多少的大改革！那不曾大变的只有那用记诵模仿的方法勉强保存的古文文法。至于民间的语言，久已自由变化，自由改革，自由修正；到了现在，中国的文法——国语的文法与各地方言的文法——久已不是马建忠的"历千古而无或少变"的文法了。

国语是古文慢慢的演化出来的；国语的文法是古文的文法慢慢的改革修正出来的。中国的古文文法虽不很难，但他的里面还有许多很难说明的条例。我且举几个很浅的例罢：

（例一）知我者，其天乎？（《论语》）

（例二）莫我知也夫？（《论语》）

（例三）有闻之，有见之，谓之有。（《墨子·非命中》）

（例四）莫之闻，莫之见，谓之亡。（同上）

这两个"我"字都是"知"字的"止词"；这四个"之"字都是"见"字"闻"字的"止词"。但（例二）与（例四）的"我"字与"之"字都必须翻到动词的前面。为什么呢？因为古文有一条通则：凡否定句里做止词的代名词必须在动词的前面。

这条通则很不容易懂，更不容易记忆，因为这通则规定三个条件：（一）否定句（故例一与例三不适用他），（二）止词（只有外动词可有止词，故别种动词不适用他），（三）代名词（故"不知命""不知人""莫知我艰"等句，虽合上二个条件，而不合第三条件，故仍不适用他）。当从前没有文法学的时候，这种烦难的文法实在很少人懂得。就是那些号称古文大家的，也说不出一个"所以然"来；不过因为古书上是"莫我知"，古文家也学着说"莫我知"；古书上是"不汝贷"，古文家也学着说"不汝贷"；古书上是"莫之闻，莫之见"，古文家也决不敢改作"莫闻之，莫见之"。他们过惯了鹦鹉的生活，觉得不学鹦鹉反不成生活了！马建忠说的那"一成之律，历千古而无或少变"，正是指那些鹦鹉文人这样保存下来的古文文法。但是一般寻常百姓却是不怕得罪古人的。他们觉得"莫我知"，"不汝贷"，"莫之闻，莫之见"一类的文法实在很烦难，很不方便，所以他们不知不觉的遂改作"没人知道我"，"不饶你"，"没人听过他，也没人见过他"。——这样一改，那种很不容易懂又不容易记的文法都变成很好讲又很好记的文法了。

这样修正改革的结果便成了我们现在的国语的文法。国语的文法不是我们造得出的，他是几千年演化的结果，他是中国"民族的常识"的表现与结晶。"结晶"一个名词最有意味。譬如雪花的结晶或松花蛋（即皮蛋）白上的松花结晶：你说他是有意做成的罢，他确是自然变成的，确是没有意识作用的；你说他完全无意识罢，他确又很有规则秩序，绝不是乱七八糟的：雪花的结晶绝不会移作松花的结晶。国语的演化全是这几千年"寻常百姓"自然改变的功劳，文人与文法学者全不曾过问。我们这班老祖宗并不曾有意的改造文法，只有文法不知不觉的改变了。但改变的地方，仔细研究起来，却又是很有理的，的确比那无数古文大家的理性还高明的多！因此，我们对于这种玄妙的变化，不能不脱帽致敬，不能不叫他一声"民族的常识的结晶"！

白话文运动

　　我很赞同石先生的意思，因为诸位的职业是专门性的，时常听些非专门的讲演，能够多学多听也好。今天这个讲演称为"学术讲演"太严重，称为"启蒙讲演"似乎也不妥，不如称为"业余讲演"，不亢不卑。我觉得每人除职业外，应有玩意儿，有时玩意儿可以发展成为重要的东西。个人曾经研究过哲学，历史，文学，农科，也作过外交官。现在是五十七岁了，但是如果人家问我："贵行是哪一行？"我就回答不出。我过去业余的时候，曾与青年人谈文学问题，发表出来，成白话文学运动，这就是从玩意儿发展成的。至少现在二十五六岁的年青人大家进小学中学时免去背古文，念古书的痛苦。二十六年前连小学的教科书，甚至幼稚园都是古文的。所谓讲书即是翻成白话，当时没有别的办法，只有死记。从民国二十一年起，教科书从小学到中学的都改为白话，以前念书时不懂，甚至于写家信时都是文言，现在儿子写信给父亲要钱，只要写："我要钱了，钱没有了，拿钱来！"从前要先写"父亲大人膝下敬禀者"才能再说要钱的话。有一个故事是兄弟两秀才去省城考举人，但是没考取，写家信报告的时候，两人相推，因为家信根本没有学写过，学的只是八股文。现在再谈到那时为什么提倡白话文，结果有什么好处。这故事也很有趣。我的母校是美国康纳尔大学，学校在山上，下面有一小湖，那时我已离开学校。

胡适谈文学与历史

一年暑假来了一个女留学生入暑期学校，康纳尔大学学工科的多，为了巴结这女学生，几个男同学请这位女学生划船游湖。船在湖中的时候忽然起了大风，于是大家赶快向岸边划。到岸边的时候，大家因为抢着上岸，把船弄翻了，衣服全湿。幸而野餐没有湿，于是大家上岸，连烘衣服带野餐。天下的历史，不管是唯物，唯心，唯神的历史观，历史往往出于偶然。那里面有一位中国留学生任先生，把当时在湖中遇险的情形写了一首旧诗寄给我看，我接到一看，马上就回答他说：你写的很好，但是把小湖写的像大海，用的全是一些古老的成语。这些死的文字，不配用在二十世纪。对于这个批评，他很虚心接受，把原来这首诗改来改去。后来又有一位同学，看了我的信大为生气，反驳我，和我打笔墨官司，谈诗的问题，讨论到中国的文学要用什么文字的问题。我说不但是小说，戏曲都要用白话，一切文学乃至于诗，都应该是白话。

用活的语言作文学的语言，才可使语言变成教育的工具。这都是业余的讨论。后来讨论的结果，小说有许多是白话的，大家并且承认戏曲里面也有白话，如"尼姑思凡"就是。但是都说诗不能用白话，道地的文也不能用白话，最困难的是诗的问题。1917年7月有一天，我发誓从此以后不用文言作诗，以后就把陆续写成的白话诗，出了《尝试集》。后来又在《新青年》杂志发表了一篇文章叫作《文学改良刍议》。我们仔细研究中国文学史，发现中国文学可以分为上下两层。

上层文学是古文的，下层文学是老百姓的，多半是白话的。例如乐府，就是老百姓唱的民歌，后来成为模范文学，甚至于政府也不能不采用。此后无论哪一个时代文学均分为上下两层，上层的是无价值的，是死的，下层的是活的，有生命，有力量。过去没有人以这种眼光来看文学。上层文学虽然不能说没有好的，但是诸君所背诵的诗、词、曲，好的大半是白话或近于白话的。我这种主张，当时仍有老留学生反对，但是有一些老先生如陈独秀，钱玄同，他们古文懂得很透彻，所以认为我这留学生确实不是胡说。于是陈先生也发表一篇文章叫《文学革命论》。到我由国外回来的时候，国内已经有很多人谈起白话文学。民国六年（1917年）的时候，《新青年》已成全国注意的杂志，内容完全是白话，那时的青年如傅斯年，汪敬熙，罗家伦等都是后起之秀。杂志风起云涌，如《新潮》，《每周评论》等。1919年学生抗议巴黎和会，起了"五四运动"，那时中学生、小学生都想发表文章，新的杂志都是用白话的。他们无师自通，都作得很好，白话于是成为全国性的东西。连北京的守旧政府也不能不妥协，于1920年规定次年小学一、二年级的教科书用白话来敷衍。殊不知一、二年级生读了白话以后，更不想读古文。现在白话成为教学工具已有二十五年历史，在文学方面，三十年来，小说、散文都是用白话作的。当时最大的成绩就是替中国作到活的国语，一方面作文学，一方面作教育工具。但是这所谓国语的标准，绝不需专家去拟订，而都是老百姓和文学创造家所订的。所以我当时提了一个口号叫："国语的文学、文学的国语。"先以白话作文学，以后白话即成为文学的国语，即自然而然成为标准。

凡是一国国语必须具备两个条件：国语多起源于方言，所以，（一）必须流通最远、范围最广，说的人最多。（二）必需曾产生大量的文学。以意大利、法国、德国、英国而言，他们的国语都是具备这两个条件的，我国流传最广的就是官话，外国人以为我们中国方言多，殊不知他们所接近的是我国沿海的地方，如广州、厦门、上海，除了这些地方以外，国内大部分地区都是以官话为标准的。试从极东北的哈尔滨，画一条斜线直到昆明，四千多里长的一条线上，任何人沿此线旅行无需乎改话。云南、贵州、四川的官话，都是标准国语。以面积而言，全国百分之九十为官话区，百分之十为方言区，以人口言，全国百分之七十五的人说官话，百分之二十五的人说方言，这是因为东南沿海人口较密的原故。在四万万人中有三万万人说一种话的，全世界可以说没有，所以第一个条件符合。第二个条件，我国在三十一二年前就已经合乎这种条件。老百姓作过很好的文学作品，如《红楼梦》《水浒传》，每年都销几百万部。戏曲从元朝起就已经是白话的了，此外各地老百姓唱的民歌，也都是。

我在广西时曾收了不少歌谣，记得有一首是："买米要买一崭白，恋双要恋好角色，十字街头背锁链，旁人取笑也值得。"试问古文能写得这么好吗？另外一首是："老天爷你年纪大，你耳又聋来眼又花，看不见人听不见话，杀人放火的享富贵荣华，吃素看经的活活饿杀！老天爷！你不会作天，你塌了吧！老天爷！你不会作天，你塌了吧！"此外如路上唱曲的说词，后来变成小说，这都是无名英雄留下的头等作品，给国语造下不朽的功绩。此外如"这个"的"这"字，"我们"的"们"字，以及"为什么呢"的"呢"字，以前都不如此写，都是老百姓订下的。又如《水浒传》《西游记》《封神榜》等白话小说，都是国语写作的标准。所以国语并非几个人提倡，但是因为能符合这两个条件，才成为全国性的运动。我们研究世界文学，发现一件有趣的事，就是中国方块字写起来虽然困难，但是文法的简单可称为世界第一。只要看一些标准作家的小说，不必学文法，人人可以无师自通。拿几百个字作底子，就可以看书写信，所以白话文能在短期内成功，其理由即在于此，甚至于连小孩子也不会说错文法。这是我们老祖宗给我们留下的一笔宝贵财产。现在白话虽然已经相当普遍，但是有些地方仍然是用文言，希望今后白话能普及到任何方面，如各机关来往的公文，也要用白话。

唐以前的白话文学（节选）

第三章　汉初的民歌

　　一切新文学的来源都在民间。民间的小儿女，村夫农妇，痴男怨女，歌童舞妓，弹唱的，说书的，都是文学上的新形式与新风格的创造者。这是文学史的通例，古今中外都逃不出这条通例。

　　《国风》来自民间，《楚辞》里的《九歌》来自民间。汉魏六朝的乐府歌辞也来自民间。以后的词是起于歌妓舞女的，元曲也是起于歌妓舞女的。弹词起于街上的唱鼓词的，小说起于街上说书讲史的。——中国三千年的文学史上，那一样新文学不是从民间来的？

　　汉朝的文人正在仿古做辞赋的时候，四方的平民很不管那些皇帝的清客们做的什么假古董，他们只要唱他们自己懂得的歌曲。例如，汉文帝待他的小兄弟淮南王长太残忍了一点，民间就造出一支歌道：

　　　　一尺布，尚可缝。

　　　　一斗米，尚可舂。

　　　　兄弟二人不相容。

又如武帝时，卫子夫做了皇后，她的兄弟卫青的威权可以压倒一国，民间也造作歌谣道：

73

生男无喜，

生女无怒，

独不见卫子夫霸天下？

这种民歌便是文学的源泉。武帝时有个歌舞的子弟李延年得宠于武帝，有一天，他在皇帝面前起舞，唱了这一支很美的歌：

北方有佳人，

绝世而独立，

一顾倾人城，

再顾倾人国。——

宁不知倾城与倾国？

佳人难再得！

李延年兄妹都是歌舞伎的一流（《汉书》卷九十三云，李延年身及父母兄弟皆故倡也）；他们的歌曲正是民间的文学。

汉代民间的歌曲很有许多被保存的。故《晋书·乐志》说：

凡乐章古辞，今之存者，并汉世街陌谣讴。《江南可采莲》，《乌生十五子》，《白头吟》之属也。

今举《江南可采莲》为例：

江南可采莲，莲叶何田田！鱼戏莲叶间。鱼戏莲叶东，鱼戏莲叶西，鱼戏莲叶南，鱼戏莲叶北。

这种民歌只取音节和美好听，不必有什么深远的意义。这首采莲歌，很像《周南》里的《芣苢》，正是这一类的民歌。

有一些古歌辞是有很可动人的内容的。例如《战城南》一篇：

战城南，死郭北，野死不葬乌可食。

为我谓乌："且为客豪。野死谅不葬，腐肉安能去子逃？"

水深激激，蒲苇冥冥。枭骑战斗死，驽马徘徊鸣。

梁筑室，何以南？何以北？禾黍不获君何食？愿为忠臣安可得？

　　　　思子良臣。良臣诚可思！朝行出攻，暮不夜归！

这种反抗战争的抗议，是很有价值的民歌。同样的还有《十五从军征》
一篇：

　　　　十五从军征，八十始得归。道逢乡里人，"家中有阿
　　谁？""遥望是君家，松柏冢累累。兔从狗窦入，雉从梁上飞。
　　中庭生旅谷，井上生旅葵。"——烹谷持作饭，采葵持作羹。羹
　　饭一时熟，不知贻阿谁。出门东向望，泪落沾我衣。

汉代的平民文学之中，艳歌也不少。例如《有所思》一篇：

　　　　有所思，乃在大海南。何用问遗君？双珠玳瑁簪，用玉绍
　　缭之。闻君有他心，拉杂摧烧之。摧烧之，当风扬其灰！从今以
　　往，勿复相思！相思与君绝。鸡鸣犬吠，兄嫂当知之。妃呼狶
　　（妃呼狶大概是有音无义的感叹词），秋风肃肃晨风飔，东方须
　　臾高知之。

又如《艳歌行》：

　　　　翩翩堂前燕，冬藏夏来见。兄弟两三人，流荡在他县。故
　　衣谁当补？新衣谁当绽？赖得贤主人，览取为吾绽。夫婿（主
　　人是女主人；夫婿是她的丈夫）从门来，斜柯西北眄。（丁福
　　保说："斜柯"是古语，当为欹侧之意。梁简文帝《遥望》诗
　　"散诞垂红帔，斜柯插玉簪"。）"语卿且勿眄：水清石自
　　见。"——石见何累累！远行不知归。

这两首诗都保存着民歌的形式，如前一首的"妃呼狶"，如后一首的开头
十个字，都可证他们是真正民间文学。

　　艳诗之中，《陌上桑》要算是无上上品。这首诗可分做三段：第一段
写罗敷出去采桑，接着写她的美丽：

　　　　日出东南隅，照我秦氏楼。秦氏有好女，自名为罗敷，罗
　　敷善蚕桑，采桑城南隅。青丝为笼系，桂枝为笼钩。头上倭堕
　　髻，耳中明月珠；缃绮为下裙，紫绮为上襦。行者见罗敷，下担

将髭须。少年见罗敷，脱帽著帩头。耕者忘其犁，锄者忘其锄；

来归相怨怒，但坐观罗敷。

这种天真烂漫的写法，真是民歌的独到之处。后来许多文人模仿此诗，只能模仿前十二句，终不能模仿后八句。第二段写一位过路的官人要调戏罗敷，她作谢绝的回答：

使君从南来，五马立踟蹰。使君遣吏往，问是谁家姝。

"秦氏有好女，自名为罗敷。""罗敷年几何？""二十尚不

足，十五颇有余。"使君谢罗敷："宁可共载不？"罗敷前致

辞："使君一何愚！使君自有妇，罗敷自有夫。"

末段完全描写她的丈夫：

东方千余骑，夫婿居上头。何用识夫婿？白马从骊驹，青

丝系马尾，黄金络马头；腰中鹿卢剑，可值千万余。十五府小

史，二十朝大夫，三十侍中郎，四十专城居。为人洁白皙，鬑鬑

颇有须。盈盈公府步，冉冉府中趋。坐中数千人，皆言夫婿殊。

"坐中数千人，都说俺的夫婿特别漂亮"——这也是天真烂漫的民歌写法，决不是主持名教的道学先生们想得出的结尾法。

古歌辞中还有许多写社会风俗与家庭痛苦的。如《陇西行》写西北的妇女当家：

天上何所有？历历种白榆。桂树夹道生，青龙对道隅。凤

皇鸣啾啾，一母将九雏。顾视世间人，为乐甚独殊。

好妇出迎客，颜色正敷愉，伸腰再拜跪，问客平安不。请

客北堂上，座客毡氍毹。清白各异尊，酒上正华梳（此句不易懂

得）。酌酒持与客，客言主人持，却略再拜跪，然后持一杯。谈

笑未及竟，左顾敕中厨。促令办粗饭，慎莫使稽留。废礼送客

出，盈盈府中趋。送客亦不远，足不过门枢。取妇得如此，齐姜

亦不如。健妇持门户，胜一大丈夫。

首八句也是民歌的形式。古人说《诗三百首》有"兴"的一体，就是这一

种无意义的起头话。

《东门行》写一个不得意的白发小官僚和他的贤德的妻子：

> 出东门，不愿归。来入门，怅欲悲。盎中无斗米储，还视架上无悬衣。拔剑东门去，舍中儿母牵衣啼："他家但愿富贵，贱妾与君共铺糜。"上用仓浪天，故下当用此黄口儿！（仓浪是青色。黄口儿是小孩子）今非咄行，吾去为迟。——白发时下难久居！

在这种写社会情形的平民文学之中，最动人的自然要算《孤儿行》了。《孤儿行》的全文如下：

> 孤儿生。孤子遇生，命独当苦。父母在时，乘坚车，驾驷马。父母已去，兄嫂令我行贾：南到九江，东到齐与鲁。腊月来归，不敢自言苦。头多虮虱，面目多尘。大兄言办饭，大嫂言视马。上高堂，行取殿下堂，孤儿泪下如雨。使我朝行汲，暮得水来归。手为错，足下无菲。怆怆履霜，中多蒺藜。拔断蒺藜，肠肉中，怆欲悲。泪下渫渫，清涕累累。冬无复襦，夏无单衣。居生不乐，不如早去，下从地下黄泉。

> 春气动，草萌芽，三月桑蚕，六月收瓜。将是瓜车，来到还家。瓜车反覆，助我者少，啖瓜者多。"愿还我蒂！兄与嫂严，独且急归，当兴校计。"

> 乱曰：里中一何诡诡！愿欲寄尺书，将与地下父母，兄嫂难与久居。

这种悲哀的作品，真实的情感充分流露在朴素的文字之中，故是上品的文学。

从文学的技术上说，我最爱《上山采蘼芜》一篇：

> 上山采蘼芜，下山逢故夫，长跪问故夫，"新人复何如？""新人虽言好，未若故人姝。颜色类相似，手爪不相如。新人从门入，故人从阁去。新人工织缣，故人工织素。织缣日一

匹，织素五丈余。将缣来比素，新人不如故。"

这里只有八十个字，却已能写出一家夫妇三个人的性格与历史：写的是那弃妇从山上下来遇着故夫时几分钟的谈话，然而那三个人的历史与那一个家庭的情形，尤其是那无心肝的丈夫沾沾计较锱铢的心理，都充分写出来了。

以上略举向来相传的汉代民歌，可以证明当日在士大夫的贵族文学之外还有不少的民间文学。我们现在距离汉朝太远了，保存的材料又太少，没有法子可以考见当时民间文学产生的详细状况。但从这些民歌里，我们可以看出一些活的问题，真的哀怨，真的情感，自然地产出这些活的文学。小孩睡在睡篮里哭，母亲要编支儿歌哄他睡着；大孩子在地上吵，母亲要说个故事哄他不吵；小儿女要唱山歌，农夫要唱曲子；痴男怨女要歌唱他们的恋爱，孤儿弃妇要叙述他们的痛苦；征夫离妇要声诉他们的离情别恨；舞女要舞曲，歌伎要新歌——这些人大都是不识字的平民，他们不能等候二十年先去学了古文再来唱歌说故事。所以他们只真率地唱了他们的歌；真率地说了他们的故事。这是一切平民文学的起点。散文的故事不容易流传，故很少被保存的。韵文的歌曲却越传越远：你改一句，他改一句，你添一个花头，他翻一个花样，越传越有趣了，越传越好听了。遂有人传写下来，遂有人收到"乐府"里去。

"乐府"即是后世所谓"教坊"。《汉书》卷二十二说：

> （武帝）乃立乐府，采诗夜诵，有赵代秦楚之讴。以李延年为协律都尉。多举司马相如等造为诗赋，略论律吕，以合八音之调，作十九章之歌。

又卷九十三云：

> 李延年，中山人，身及父母兄弟皆故倡也。延年坐法腐刑（受阉割之刑），给事狗监中，女弟得幸于上，号李夫人……延年善歌，为新变声。是时上方兴天地诸祠，欲造乐，令司马相如

　　等作诗颂，延年辄承意弦歌所造诗，为之新声曲。

又卷九十七上说李夫人死后，武帝思念她，令方士少翁把她的鬼招来。那晚上，仿佛有鬼来，却不能近看她。武帝更想念她，为作诗曰：

　　　　是邪？非邪？立而望之。偏何姗姗其来迟？令乐府诸音家弦歌之。

总看这几段记载，乐府即是唐以后所谓教坊，那是毫无疑义的。李延年的全家都是倡；延年自己是阉割了的倡工，在狗监里当差。司马相如也不是什么上等人，他不但曾"著犊鼻裈，与佣保杂作"，在他的太太开的酒店里洗碗盏；他的进身也是靠他的同乡狗监杨得意推荐的（《汉书》卷五十七上）。这一班狗监的朋友组织的"乐府"便成了一个俗乐的机关，民歌的保存所。

　　《汉书》卷二十二又说：

　　　　是时（成帝时）郑声尤甚。黄门名倡丙疆、景武之属富显于世，贵戚五侯、定陵、富平外戚之家淫侈过度，至与人主争女乐。哀帝自为定陶王时疾之，又性不好音，及即位，下诏曰，"……郑卫之声兴则淫僻之化兴，而欲黎庶敦朴，家给，犹浊其源而求其清流，岂不难哉？……其罢乐府官，郊祭乐及古兵法武乐在经非郑卫之乐者，条奏，别属他官。"

因恨淫声而遂废"乐府"，可见乐府是俗乐的中心。当时丞相孔光奏复，把"乐府"中八百二十九人之中，裁去了四百四十一人！《汉书》记此事，接着说：

　　　　然百姓渐渍日久，又不制雅乐有以相变，豪富吏民湛沔自若。

这可见当时俗乐民歌的势力之大。"乐府"这种制度在文学史上很有关系。第一，民间歌曲因此得了写定的机会。第二，民间的文学因此有机会同文人接触，文人从此不能不受民歌的影响。第三，文人感觉民歌的可爱，有时因为音乐的关系不能不把民歌更改添减，使他协律；有时因为文学上的冲动，文人忍不住要模仿民歌，因此他们的作品便也往往带着"平民化"的趋势，因此便添了不少的白话或近于白话的诗歌。这三种关系，自汉至唐，继续存在。故民间的乐歌收在乐府的，叫做"乐府"；而文人模仿民歌做的乐歌，也叫做"乐府"；而后来文人模仿古乐府作的不能入乐的诗歌，也叫做"乐府"或"新乐府"。

从汉到唐的白话韵文可以叫做"乐府"时期。乐府是平民文学的征集所，保存馆。这些平民的歌曲层出不穷地供给了无数新花样，新形式，新体裁；引起了当代的文人的新兴趣，使他们不能不爱玩，不能不佩服，不能不模仿。汉以后的韵文的文学所以能保存得一点生气，一点新生命，全靠有民间的歌曲时时供给活的体裁和新的风趣。

第四章　汉朝的散文

无论在那一国的文学史上，散文的发达总在韵文之后，散文的平民文学发达总在韵文的平民文学之后。这里面的理由很容易明白。韵文是抒情的，歌唱的，所以小百姓的歌哭哀怨都从这里面发泄出来，所以民间的韵文发达的最早。然而韵文却又是不大关实用的，所以容易被无聊的清客文丐拿去巴结帝王卿相，拿去歌功颂德，献媚奉承；所以韵文又最容易贵族化，最容易变成无内容的装饰品与奢侈品。因此，没有一个时代不发生平民的韵文文学，然而僵化而贵族化的辞赋诗歌也最容易产生。

散文却不然。散文最初的用处不是抒情的，乃是实用的。记事，达意，说理，都是实际的用途。这几种用途却都和一般老百姓没有多大的直接关系。老百姓自然要说白话，却用不着白话的散文。他爱哼支把曲子，爱唱支把山歌，但告示有人读给他听，乡约有人讲给他听，家信可以托人写，状子可以托人做。所以散文简直和他没多大关系。因此，民间的散文起来最迟；在中国因为文字不易书写，又不易记忆，故民间散文文学的起来比别国更迟。然而散文究竟因为是实用的，所以不能不受实际需要上的天然限制。无论是记事，是说理，总不能不教人懂得。故孔子说，"辞，达而已矣。"故无论什么时代，应用的散文虽然不起于民间，总不会离民间的语言太远。故历代的诏令，告示，家信，诉讼的状子与口供，多有用白话做的。只有复古的风气太深的时代，或作伪的习惯太盛的时代，浮华的习气埋没了实用的需要，才有诘屈聱牙的诰敕诏令，骈四俪六的书启通电呵！

汉朝的散文承接战国的遗风，本是一种平实朴家的文体。这种文体在达意说理的方面大体近于《论语》《孟子》，及先秦的"子"书；在记事的方面大体近于《左传》《国语》《战国策》等书。前一类如贾谊的文章与《淮南子》，后一类如《史记》与《汉书》。这种文体虽然不是当时民间的语体，却是文从字顺的，很近于语体的自然文法，很少不自然的字句。所以这种散文很可以白话化，很可以充分采用当日民间的活语言进去。《史记》和《汉书》的记事文章便是这样的。《史记·项羽本纪》记项羽要活烹刘邦的父亲，刘邦回答道：

> 吾与若俱受命怀王，约为兄弟。吾翁即若翁。必欲烹而
> 翁，则幸分我一杯羹。

《汉书》改作：

> 吾翁即汝翁。必欲烹乃翁，幸分我一杯羹。

这话颇像今日淮扬一带人说话，大概司马迁记的是当时的白话。又如《史记·陈涉世家》记陈涉的种田朋友听说陈涉做了"王"，赶去看他，陈涉请他进宫去，他看见殿屋帷帐，喊道：

> 夥颐！涉之为王沉沉者！（者字古音如睹）

《汉书》改作：

> 夥！涉之为王沉沉者！

这话也像现在江南人说话，（"夥颐"是惊羡的口气。"者"略如苏州话的"笃"字尾）一定是道地的白话。又如《史记·周昌传》里写一个口吃的周昌谏高祖道：

> 臣口不能言，然臣期——期知其不可。陛下欲废太子，臣
> 期——期不奉诏。

这也是有意描摹实地说话的样子。又如《汉书·东方朔传》所记也多是白话的，如东方朔对武帝说：

> 朱儒长三尺余，俸一囊粟，钱二百四十。臣朔长九尺余，
> 亦俸一囊粟，钱二百四十。朱儒饱欲死，臣朔饥欲死。臣言可
> 用，幸异其礼。不可用，罢之，无令索长安米。

《史记》的《魏其武安侯传》里也很多白话的记载。如说灌夫行酒：

> 次至临汝侯灌贤，贤方与程不识耳语，又不避席。夫无所
> 发怒，乃骂贤曰："平生毁程不识不直一钱，今日长者为寿，乃
> 效女曹儿咕嗫耳语！"蚡（丞相田蚡）谓夫曰："程、李（李
> 广）俱东西宫卫尉。今众辱程将军，仲孺（灌夫）独不为李将军
> 地乎？"

> 夫曰："今日斩头穴胸，何知程、李！"

这种记载所以流传二千年，至今还有人爱读，正因为当日史家肯老实描写人物的精神口气，写的有声有色，带有小说风味。《史记》的《魏其武安侯传》，《汉书》的《外戚传》都是这样的。后世文人不明此理，只觉得这几篇文章好，而不知道他们的好处并不在古色古香，乃在他们的白话化呵。

《汉书》的《外戚传》（卷九十七下）里有司隶解光奏弹赵飞燕姊妹的长文，其中引有审问宫婢宦官的口供，可算是当日的白话。我们引其中关于中宫史曹宫的一案的供词如下：

> 元延元年中（西历前12），宫语旁（宫婢道房）曰，"陛
> 下幸宫。"

> 后数月，晓（曹宫之母曹晓）入殿中，见宫腹大，问宫，
> 宫曰："御幸有身。"其十月中，宫乳（产也）掖庭牛官令舍。
> 有婢六人。中黄门田客持诏记，盛绿绨方底，封御史中丞印，予

武（掖庭狱籍武）曰："取牛官令舍妇人新产儿，蜱六人，尽置暴室狱。毋问儿男女（及）谁儿也。"

武迎置狱。宫曰："善藏我儿胞（胞衣）；丞知是何等儿也？"

后三曰，客（田客）持诏记与武，问："儿死未？手书对牍背。"武即书对："儿见在，未死。"

有顷，客出曰："上与昭仪（赵飞燕之妹）大怒，奈何不杀？"

武叩头啼曰："不杀儿，自知当死，杀之亦死。"即因客奏封事曰："陛下未有继嗣。子无贵贱。惟留意。"

奏入，客复持诏记予武曰："今夜漏上五刻，持儿与舜（黄门王舜）会东交掖门。"武因问客："陛下得武书，意何如？"曰："憛也。"

武以儿付舜。舜受诏，内（纳）儿殿中，为择乳母，告善养儿，且有赏，毋令漏泄。舜择弃（宫婢张弃）为乳母。时儿生八九日。

后三日，客复持诏记，封如前，予武。中有封小绿箧，记曰："告武以箧中物予狱中妇人。武自临饮之。"（"临饮"是监视她吃药）

武发箧，中有裹药二枚赫蹄（薄小纸叫做赫蹄）书曰："告伟能努力饮此药，不可复入。汝自知之！"

伟能即宫。宫读书已，曰："果也欲姊弟擅天下！我儿，男也，额上有壮发，类孝元皇帝。今儿安在？危杀之矣！奈何令长信（太后居长信宫）得闻之？"

宫饮药死。后宫婢六人召入……自缢死。武皆奏状。

弃所养儿，十一日，宫长李南以诏书取儿去，不知所置。

这是证人的口供，大概是当日的白话，或近于当日的白话。

　　汉宣帝时，有个专做古董文学的西蜀文人王褒，是皇帝的一个清客。他年轻在蜀时，却也曾做过白话的文学。他有一篇《僮约》，是一张买奴券，是一篇很滑稽的白话文学。这一篇文字很可以使我们知道当日长江上流的白话是什么样子，所以我们抄在下面。（此篇有各种本子，最好是《续古文苑》本，故我依此本。）

　　　蜀郡王子渊以事到湔，止寡妇杨惠舍。惠有夫时奴，名便了。子渊倩奴行酤酒，便了拽大杖上夫冢巅曰："大夫买便了时，但要守家，不要为他人男子酤酒。"子渊大怒曰："奴宁欲卖耶？"惠曰："奴大忤人，人无欲者。"子渊即决买券云云。奴复曰："欲使皆上券；不上券，便了不能为也。"子渊曰："诺。"

这是《僮约》的序，可以表示当时的白话散文。下文是《僮约》，即是王褒同便了订的买奴的条件：

　　　"神爵三年（公元前59年）正月十五日，资中男子王子渊从成都安志里女子杨惠买亡夫时户下髯奴便了，决贾万五千。奴当从百役使，不得有二言：晨起早扫，食了洗涤；居当穿臼缚帚，裁盂凿斗；……织履作麤，黏雀张乌，结网捕鱼，缴雁弹凫，登山射鹿，入水捕龟。……舍中有客，提壶行酤，汲水作铺，涤杯整案，园中拔蒜，断苏切脯。……已而盖藏，关门塞窦；喂猪纵犬，勿与邻里争斗。奴但当饭豆饮水，不得嗜酒。欲饮美酒，唯得染唇渍口，不得倾盂覆斗。不得辰出夜入，交关伴偶。舍后有树，当裁作船，上至江州下至湔；……往来都洛，当为妇女求脂泽，贩于小市，归都担枲；转出旁蹉，牵犬贩鹅，武都买茶，杨氏担荷（杨氏，池名，出荷）。……持斧入山，断辚裁辕；若有余残，当作俎几木屐彘盘。……日暮欲归，当送干薪两三束。……奴老力索，种莞织席；事讫休息，当春一石。夜半无事，浣衣当白。……奴不得有奸私，事事当关白。奴不听教，当答一百。"

> 读券文适讫，词穷诈索，佗佗叩头，两手自搏，目泪下
> 落，鼻涕长一尺。"审如王大夫言，不如早归黄土陌，丘蚓钻
> 额。早知当尔，为王大夫酤酒，真不敢作恶。"

这虽是有韵之文，却很可使我们知道当日民间说的话是什么样子。我们因此可以知道《孤儿行》等民歌确可以代表当日的白话韵文，又可以知道《史记》《汉书》的记载里有许多话和民间的白话很相接近。

王褒在蜀时，还肯做这种"目泪下落，鼻涕长一尺"的白话文学。后来他被益州刺史举荐到长安，宣帝叫他做个"待诏"的清客。《汉书·王褒传》记此事，最可以使我们明白那班文学待诏们过的生活：

> 上令褒与张子侨等并待诏，数从褒等放猎，所幸宫馆，辄
> 为歌颂，第其高下，以差赐帛。

> 议者多以为淫靡不急。上曰："'不有博弈者乎？为之犹
> 贤乎已。'（孔子的话）辞赋大者与古诗同义，小者辩丽可喜，
> 譬如女工有绮縠，音乐有郑卫，今世俗犹皆以此娱悦耳目。辞赋
> 比之，尚有仁义讽谕鸟兽草木多闻之观。贤于倡优博弈远矣。"

> （卷六十四下）

原来辞赋只不过是比倡优博弈高一等的玩意儿！皇帝养这班清客，叫他们专做这种文学的玩意儿，"以此娱悦耳目"。文学成了少数清客阶级的专门玩意儿，目的只图被皇帝"第其高下，以差赐帛"，所以离开平民生活越远，所以渐渐僵化了，变死了。这种僵化，先起于歌颂辞赋，后来才浸入应用的散文里。风气既成了之后，那班清客学士们一摇笔便是陈言烂调子，赶也赶不开；譬如八股先生做了一世的八股时文，你请他写张卖驴券，或写封家信，他也只能抓耳摇头，哼他的仁在堂调子！（路德有仁在堂八股文，为近世最风行的时文大家）

试举汉代的应用散文作例。汉初的诏令都是很朴实的，例如那最有名

的汉文帝遗诏（公元前157年）：

> 朕闻之：盖天下万物萌生，靡不有死。死者，天地之理，物之自然，奚可甚哀？当今之世，咸嘉生而恶死，厚葬以破业，重服以伤生，吾甚不取。
>
> 且朕既不德，无以佐百姓，今崩，又使重服久临（临是到场举哀），以罹寒暑之数；哀人父子，伤长老之志；损其饮食，绝鬼神之祭祀，以重吾不德，谓天下何？……
>
> 其令天下吏民：令到，出临三日，皆释服；无禁取妇嫁女，祠祀，饮酒食肉，……经带无过三寸，无布车及兵器。无发民哭临宫殿中，……服，大红十五日，小红十四日，纤七日，释服。
>
> 他不在令中者，皆以此令此类从事。布告天下，使明知朕意！（《汉书》卷四）

这是很近于白话的。直到昭宣之间，诏令还是这样的。如昭帝始元二年（公元前85年）诏：

> 往年灾害多，今年蚕麦伤。所赈贷种食，勿收责，毋令民出今年田租。（《汉书》卷七）

又元凤二年（公元前79年）诏：

> 朕闵百姓未赡，前年减漕三百万石。颇省乘舆马及苑马以补边郡三辅传马。其令郡国毋敛今年马口钱。三辅"太常郡"，得以叔粟（豆粟）当赋。（同上）

这竟是说话了。

用浮华的辞藻来作应用的散文，这似乎是起于司马相如的《难蜀父老书》与《封禅遗札》。这种狗监的文人做了皇帝的清客，又做了大官，总得要打起官腔，做起人家不懂的古文，才算是架子十足。《封禅札》说的更是荒诞无根的妖言，若写作朴实的散文，便不成话了；所以不能不用了一种假古董的文体来掩饰那浅薄昏乱的内容。《封禅札》中的：

> 怀生之类，沾濡浸润，协气横流，武节焱逝，迩陿游原，迥

阔泳末，首恶郁没，暗昧昭晰，昆虫阉怿，回首面内。

便成了两千年来做"虚辞滥说"的绝好模范，绝好法门。

后来王莽一派人有意"托古改制"，想借古人的招牌来做一点社会政治的改革，所以处处模仿古代，连应用的文字也变成假古董了。如始建国元年（西历纪元9年）王莽策群司诏云：

> 岁星司肃，东岳太师典致时雨；青炜登平，考景以晷。荧惑司恶，南岳太傅典致时奥；赤炜颂平，考声以律。太白司艾，西岳国师典致时阳；白炜象平，考量以铨。辰星司谋，北岳国将典致时寒；玄炜和平，考星以漏。

又地皇元年（20年）下书曰：

> 乃壬午晡时有烈风雷雨发屋折木之变，予甚弁焉，予甚栗焉，予甚恐焉。伏念一旬，迷乃解矣。

又同年下书曰：

> 深惟吉昌莫良于今年。予乃卜波水之北，郎池之南，惟玉食。予又卜金水之南，明堂之西，亦惟玉食。予将亲筑焉。

这种假古董的恶劣散文也在后代发生了不小的恶影响。应用的散文从汉初的朴素说话变到这种恶劣的假古董，可谓遭一大动。

到了一世纪下半，出了一个伟大的思想家王充（生于西27年，死年约在西100年）。他不但是一个第一流的哲学家，他在文学史上也该占一个地位。他恨一班俗人趋附权势，忘恩负义！故作了《讥俗节义》十二篇。他又哀怜人君不懂政治的原理，故作了一部《政务》。他又恨当时的"伪书俗文多不实诚"，"虚妄之言胜真美"，故作了一部《论衡》。不幸他的《讥俗节义》与《政务》都失传了，只剩下一部《论衡》。《论衡》的末篇是他自己的传记，叫做《自纪》篇。从这《自纪》篇里，我们知道他的《讥俗节义》是用白话做的。他说：

> 闲居作《讥俗节义》十二篇，冀俗人观书而自觉，故直露

其文，集以俗言。

"集以俗言"大概就是"杂以俗言"，不全是白话，不过夹杂着一些俗话罢了。《讥俗》之书虽不可见了，但我们可以推想那部书和《论衡》的文体大致相同。何以见得呢？因为王充曾说当时有人批评他道：

《讥俗》之书欲悟俗人，故形露其指，为分别之文。《论衡》之书何为复然？

这可见《讥俗》与《论衡》文体相同，又可见《论衡》在当时是一种近于通俗语言的浅文。

王充是主张通俗文学的第一人。他自己说：

《论衡》者，论之平也。

"论衡"只是一种公平评判的论文，他又说：

《论衡》之造也，起（于）众书并失实，虚妄之言胜真美也。故虚妄之语不黜则华文不见息。华文放流则实事不见。故《论衡》者，所以铨轻重之言，立真伪之平，非苟调文饰辞为奇伟之观也。（《对作》篇）

他著书的目的只是：

冀悟迷惑之心，使知虚实之分。实虚之分定而华伪之文灭。华伪之文灭则纯诚之化日以孳矣。（同上）

他因为深恨那"华伪之文"，故他采用那朴实通俗的语言。他主张一切著述议论的文字都应该看作实用的文字，都应该用明显的语言来做。他说：

上书奏记陈列便宜，皆欲辅政。今作书者，犹（上）书奏记，说发胸臆，文作手中，其实一也。（同上）

他主张这种著述都应该以明白显露为主。他说：

口则务在明言，笔则务在露文。高士之文雅；言无不可晓，指无不可睹。观读之者，晓然若盲之开目，聆然若聋之通耳。（《自纪》，下同）

又说:

> 夫文犹语也,或浅露分别,或深迂优雅,孰为辩者?故口言以明志。(口字或是曰字之误)言恐灭遗,故著之文字。文字与言同趋,何为犹当隐闭指意?……夫口论以分明为公,笔辩以獀露为通,吏文以昭察为良。深覆典雅,指意难睹,唯赋颂耳。经传之文,贤圣之语,古今言殊,四方谈异也。当言事时,非务难知使指闭隐也。后人不晓世相离远,此名曰"语异",不名曰"材鸿"(鸿,大也)。浅文读之难晓,名曰"不巧",不名曰"知明"。

这真是历史的眼光。文字与语言同类,说话要人懂得,为什么作文章要人不懂呢?推原其故,都是为了一种盲目的仿古心理。却不知道古人的经传所以难懂,只是因为"古今言殊,四方谈异",并不是当初便有意作难懂的文章叫后人去猜谜呵!故古人的文字难懂只可叫做"语异",今人的文字有意叫人不懂,只可叫做"不巧",不巧便是笨蠢了。所以王充痛快地说:

> 其文可晓,故其事可思。如深鸿优雅,须师乃学,投之于地,何叹之有!

王充真是一个有意主张白话的人,因为只有白话的文章可以不"须师乃学"。

王充论文章的结论是两种极有价值的公式:

> 夫笔著者,欲其易晓而难为,不贵难知而易造。口论务解分而可听,不务深迂而难睹。孟子相贤以眸子明了者,察文以义可晓。

王充的主张真是救文弊的妙药。他的影响似乎也不小。东汉三国的时代出了不少的议论文章,如崔寔的《政论》、仲长统的《昌言》之类。虽不能全依王充的主张,却也都是明白晓畅的文章。直到后来骈偶的文章和浮华空泛的词藻完全占据了一切庙堂文字与碑版文字,方才有骈偶的议论文章出来。重要的著作如刘勰的《文心雕龙》，如刘知几的《史通》，皆免不了浮华的文学的恶影响。我们总看中古时期的散文的文学，不能不对于王充表示特别的敬礼了。

论短篇小说

这一篇乃是3月15日在北京大学国文研究所小说科讲演的材料。原稿由研究员傅斯年君记出，载于《北京大学日刊》。今就傅君所记，略为更易，作为此文。

一、什么叫做"短篇小说"

中国今日的文人大概不懂"短篇小说"是什么东西。现在的报纸杂志里面，凡是笔记杂纂，不成长篇的小说，都可叫做"短篇小说"。所以现在那些"某生，某处人，幼负异才，……一日，游某园，遇一女郎，睨之，天人也，……"一派的烂调小说，居然都称为"短篇小说"！其实这是大错的。西方的"短篇小说"（英文叫做Short story），在文学上有一定的范围，有特别的性质，不是单靠篇幅不长便可称为"短篇小说"的。

我如今且下一个"短篇小说"的界说：

短篇小说是用最经济的文学手段，描写事实中最精彩的一段，或一方面，而能使人充分满意的文章。

这条界说中，有两个条件最宜特别注意。今且把这两个条件分说如下：

（一）"事实中最精彩的一段或一方面"　譬如把大树的树身锯断，懂植物学的人看了树身的"横截面"，数了树的"年轮"，便可知道这树的年纪。一人的生活，一国的历史，一个社会的变迁，都有一个"纵剖面"和无数"横截面"。纵面看去，须从头看到尾，才可看见全部。横面截开一段，若截在要紧的所在，便可把这个"横截面"代表这个人，或这一国，或这一个社会。这种可以代表全部的部分，便是我所谓"最精彩"的部分。又譬如西洋照相术未发明之前，有一种"侧面剪影"（Silhouette），用纸剪下人的侧面，便可知道是某人（此种剪像曾风行一时，今虽有照相术，尚有人为之）。这种可以代表全形的一面，便是我所谓"最精彩"的方面。若不是"最精彩"的所在，决不能用一段代表全体，决不能用一面代表全形。

（二）"最经济的文学手段"　形容"经济"两个字，最好是借用宋玉的话："增之一分则太长，减之一分则太短；着粉则太白，施朱则太赤。"须要不可增减，不可涂饰，处处恰到好处，方可当"经济"二字。因此，凡可以拉长演作章回小说的短篇，不是真正"短篇小说"；凡叙事不能畅尽，写情不能饱满的短篇，也不是真正"短篇小说"。

能合我所下的界说的，便是理想上完全的"短篇小说"。世间所称"短篇小说"，虽未能处处都与这界说相合，但是那些可传世不朽的"短篇小说"，决没有不具上文所说两个条件的。

如今且举几个例。西历1870年，法兰西和普鲁士开战，后来法国大败，巴黎被攻破，出了极大的赔款，还割了两省地，才能讲和。这一次战争，在历史上，就叫做普法之战，是一件极大的事。若是历史家记载这事，必定要上溯两国开衅的远因，中记战争的详情，下寻战与和的影响：这样记去，可满几十本大册子。这种大事到了"短篇小说家"的手里，便用最经济的手腕去写这件大事的最精彩的一段或一面。我且不举别人，单举Daudet和Maupassant两个人为例。Daudet所做普法之战的小说，有许多种。我曾译出一种叫做《最后一课》如（*La dernière classe* 如初译名《割地》，登上海《大共和日报》，后改用今名，登《留美学生季报》第三年）。全篇用法国割给普国两省中一省的一个小学生的口气，写割地之后，普国政府下令，不许再教法文法语。所写的乃是一个小学教师教法文的"最后一课"。一切割地的惨状，都从这个小学生眼中看出，口中写出。还有一种，叫做《柏林之围》（*Le siège de Berlin*）（曾载《甲寅》第四号），写的是法皇拿破仑第三出兵攻普鲁士时，有一个曾在拿破仑第一麾下的老兵官，以为这一次法兵一定要大胜了，所以特地搬到巴黎，住在凯旋门边，准备着看法兵"凯旋"的大典。后来这老兵官病了，他的孙女儿天天假造法兵得胜的新闻去哄他。那时普国的兵已打破巴黎。普兵进城之日，他老人家听见军乐声，还以为是法兵打破了柏林奏凯班师呢！这是借一个法国极强时代的老兵来反照当日法国大败的大耻，两两相形，真可动人。

Maupassant所做普法之战的小说也有多种。我曾译他的《二渔夫》（*Deuxamis*），写巴黎被围的情形，却都从两个酒鬼身上着想。还有许多篇，如"Mile. Fifi"之类（皆未译出），或写一个妓女被普国兵士掳去的情形，或写法国内地村乡里面的光棍，乘着国乱，设立"军政分府"，作威作福的怪状，……都可使人因此推想那时法国兵败以后的种种状态。这都是我所说的"用最经济的手腕，描写事实中最精彩的片段，而能使人充分满意"的短篇小说。

二、中国短篇小说的略史

"短篇小说"的定义既已说明了，如今且略述中国短篇小说的小史。

中国最早的短篇小说，自然要数先秦诸子的寓言了。《庄子》《列子》《韩非子》《吕览》诸书所载的"寓言"，往往有用心结构可当"短篇小说"之称的。今举二例。第一例见于《列子·汤问》篇：

> 太形、王屋二山，方七百里，高万仞，本在冀州之南，河阳之北。

> 北山愚公者，年且九十，面山而居，惩山北之塞出入之迂也，聚室而谋曰，"吾与汝毕力平险，指通豫南，达于汉阴，可

乎？"杂然相许。

其妻献疑曰，"以君之力，曾不能损魁父之丘。如太形、王屋何？且焉置土石？"

杂曰，"投诸渤海之尾，隐土之北！"

遂率子孙荷担者三夫，叩石垦壤，箕畚运于渤海之尾。邻人京城氏之孀妻，有遗男，始龀，跳往助之。寒暑易节，始一返焉。

河曲智叟笑而止之曰，"甚矣，汝之不慧！以残年余力，曾不能毁山之一毛，其如土石何？"

北山愚公长息曰，"汝心之固，固不可彻，曾不若孀妻弱子！虽我之死，有子存焉。子又生孙，孙又生子，子又有子，子又有孙。子子孙孙，无穷匮也，而山不加增。何苦而不平？"

河曲智叟亡以应。

"操蛇之神"闻之，惧其不已也，告之于帝。帝感其诚，命夸娥氏二子负二山，一厝朔东，一厝雍南。自此，冀之南，汉之阴，无陇断焉。

这篇大有小说风味。第一，因为他要说"至诚可动天地"，却平空假造一段太形、王屋两山的历史。第二，这段历史之中，处处用人名，地名，用直接会话，写细事小物，即写天神也用"操蛇之神""夸娥氏二子"等私名，所以看来好像真有此事。这两层都是小说家的家数。现在的人一开口便是"某生""某甲"，真是不曾懂得做小说的ABC。

第二例见于《庄子·徐无鬼》篇：

庄子送葬，过惠子之墓，顾谓从者曰：

郢人垩漫其鼻端，若蝇翼，使匠石斫之。匠石运斤成风，听而斫之，尽垩而鼻不伤。郢人立不失容。

宋元君闻之，召匠石曰，"尝试为寡人为之！"

匠石曰，"臣则尝能斫之。虽然，臣之质死久矣！"

自夫子（谓惠子）之死也，吾无以为质矣！吾无与言之矣！
这一篇写"知己之感"，从古至今，无人能及。看他写"垩漫其鼻端，若蝇翼"，写"匠石运斤成风"，都好像真有此事，所以有文学的价值。看他寥寥七十个字，写尽无限感慨，是何等"经济的"手腕！

自汉到唐这几百年中，出了许多"杂记"体的书，却都不配称做"短篇小说"。最下流的如《神仙传》和《搜神记》之类，不用说了。最高的如《世说新语》，其中所记，有许多很有"短篇小说"的意味，却没有"短篇小说"的体裁。如下举的例：

（1）桓公（温）北征，经金城，见前为琅琊时种柳。皆已十围，慨然曰，"木犹如此，人何以堪！"攀枝执条，泫然流泪。

（2）王子猷（徽之）居山阴，夜大雪，眠觉开室，命酌酒，四望皎然。因起彷徨，咏左思《招隐诗》，忽忆戴安道。时戴在剡，即便夜乘小船就之。经宿方至，造门不前而返。人问其故。王曰，"吾本乘兴而来，兴尽而返，何必见戴！"

此等记载，都是拣取人生极精彩的一小段，用来代表那人的性情品格，所以我说《世说》很有"短篇小说"的意味。只是《世说》所记都是事实，或是传闻的事实，虽有剪裁，却无结构，故不能称做"短篇小说"。

比较说来，这个时代的散文短篇小说还该数到陶潜的《桃花源记》。这篇文字，命意也好，布局也好，可以算得一篇用心结构的"短篇小说"。此外，便须到韵文中去找短篇小说了。韵文中《孔雀东南飞》一篇是很好的短篇小说，记事言情，事事都到。但是比较起来，还不如《木兰辞》更为"经济"。

《木兰辞》记木兰的战功，只用"将军百战死，壮士十年归"十个字；记木兰归家的那一天，却用了一百多字。十个字记十年的事，不为少。一百多字记一天的事，不为多。这便是文学的"经济"。但是比较起来，《木兰辞》还不如古诗《上山采蘼芜》更为神妙。那诗道：

上山采蘼芜，下山逢故夫。长跪问故夫："新人复何如？""新人虽言好，未若故人姝。颜色类相似，手爪不相如。新人从门入，故人从阁去。新人工织缣，故人工织素。织缣日一匹，织素五丈余。将缣来比素，新人不如故。"

这首诗有许多妙处。第一，他用八十个字，写出那家夫妇三口的情形，使人可怜被逐的"故人"，又使人痛恨那没有心肝，想靠着老婆发财的"故夫"。第二，他写那人弃妻娶妻的事，却不用从头说起：不用说"某某，某处人，娶妻某氏，甚贤；已而别有所爱，遂弃前妻而娶新欢。……"他只从这三个人的历史中挑出那日从山上采野菜回来遇着故夫的几分钟，是何等"经济的手腕"！是何等"精彩的片断"！第三，他只用"上山采蘼芜，下山逢故夫"十个字，便可写出这妇人是一个弃妇，被弃之后，非常贫苦，只得挑野菜度日。这是何等神妙手段！懂得这首诗的好处，方才可谈"短篇小说"的好处。

到了唐朝，韵文散文中都有很好的短篇小说。韵文中，杜甫的《石壕吏》是绝妙的例。那诗道：

暮投石壕村，有吏夜捉人，老翁逾墙走，老妇出门看。吏呼一何怒！妇啼一何苦！听妇前致词："三男邺城戍。一男附书至，二男新战死。存者且偷生，死者长已矣！室中更无人，惟有乳下孙，有孙母未去，出入无完裙。老妪力虽衰，请从吏夜归，急应河阳役，犹得备晨炊。"夜久语声绝，如闻泣幽咽。……天明登前途，独与老翁别！

这首诗写天宝之乱，只写一个过路投宿的客人夜里偷听得的事，不插一句议论，能使人觉得那时代征兵之制的大害，百姓的痛苦，丁壮死亡的多，差役捉人的横行：——都在眼前。捉人捉到生了孙儿的祖老太太，别的更可想而知了。

白居易的《新乐府》五十首中，尽有很好的短篇小说。最妙的是《新丰折臂翁》一首。看他写"是时翁年二十四，兵部牒中有名字，夜深不敢使人知，偷将大石捶折臂"，使人不得不发生"苛政猛于虎"的思想。白居易的《琵琶行》也算得一篇很好的短篇小说。白居易的短处，只因为他有点迂腐气，所以处处要把做诗的"本意"来做结尾，即如《新丰折臂翁》篇末加上"君不见开元宰相宋开府"一段，便没有趣味了。又如《长恨歌》一篇，本用道士见杨贵妃，带来信物一件事作主体。白居易虽做了这诗，心中却不信道士见杨妃的神话；所以他不但说杨妃所在的仙山"在虚无缥渺中"，还要先说杨妃死时"金钿委地无人收，翠翘金雀玉搔头"，竟直说后来"天上"带来的"钿合金钗"是马嵬坡拾起的了！自己不信，所以说来便不能叫人深信。人说赵子昂画马，先要伏地作种种马相。做小说的人，也要如此，也要用全副精神替书中人物设身处地，体贴入微。做"短篇小说"的人，格外应该如此。为什么呢？因为"短篇小说"要把所挑出的"最精彩的一段"作主体，才可有全神贯注的妙处。若带点迂气，处处把"本意"点破，便是把书中事实作一种假设的附属品，便没有趣味了。

　　唐朝的散文短篇小说很多，好的却实在不多。我看来看去，只有张说的《虬髯客传》可算得上品的"短篇小说"。《虬髯客传》的本旨只是要说"真人之兴，非英雄所冀"。他却平空造出虬髯客一段故事，插入李靖、红拂一段情史，写到正热闹处，忽然写"太原公子褐裘而来"，遂使那位野心豪杰绝心于事国，另去海外开辟新国。这种立意布局，都是小说家的上等工夫。这是第一层长处。这篇是"历史小说"。凡做"历史小说"，不可全用历史上的事实，却又不可违背历史上的事实。全用历史的事实，便成了"演义"体，如《三国演义》和《东周列国志》，没有真正"小说"的价值（《三国》所以稍有小说价值者，全靠其能于历史事实之外，加入许多小说的材料耳）。若违背了历史的事实，如《说岳传》使岳飞的儿子挂帅印打平金国，虽可使一班愚人快意，却又不成"历史的"小说了。最好是能于历史事实之外，造成一些"似历史又非历史"的事实，写到结果却又不违背历史的事实。如法国大仲马的《侠隐记》（商务印书馆出版。译者君朔，不知是何人。我以为近年译西洋小说当以君朔所译诸书为第一。君朔所用白话，全非抄袭旧小说的白话，乃是一种特创的白话，最能传达原书的神气。其价值高出林纾百倍。可惜世人不会赏识），写英国暴君查尔第一世为克林威尔所囚时，有几个侠士出了死力百计的把他救出来，每次都到将成功时忽又失败；写来极热闹动人，令人急煞，却终不能救免查尔第一世断头之刑，故不违背历史的事实。又如《水浒传》所记宋江等三十六人是正史所有的事实。《水浒传》所写宋江在浔阳江上吟反诗，写武松打虎杀嫂，写鲁智深大闹和尚寺等事，处处热闹煞，却终不违背历史的事实（《荡寇志》便违背历史的事实了）。《虬髯客传》的长处正在他写了许多动人的人物事实，把"历史的"人物（如李靖、刘文静、唐太宗之类）和"非历史的"人物（如虬髯客、红拂是）穿插夹混，叫人看了竟像那时真有这些人物事实。但写到后来，虬髯客飘然去了，依旧是唐太宗得了天下，一毫不违背历史的事实。这是"历史小说"的方法，便是《虬髯客传》的第二层长处。此外还有一层好处。唐以前的小说，无论散文韵文，都只能叙事，不能用全副气力描写人物。《虬髯客传》写虬髯客极有神气，自不用说了。就是写红拂、李靖等"配角"，也都有自性的神情风度。这种"写生"手段，便是这篇的第三层长处。有这三层长处，所以我敢断定这篇《虬髯客传》是唐代第一篇"短篇小说"。宋朝是"章回小说"发生的时代。如《宣和遗事》和《五代史平话》等书，都是后世"章回小说"的始祖。《宣和遗事》中记杨志卖刀杀人，晁盖等八人路劫生辰纲，宋江杀阎婆惜诸段，便是施耐庵《水浒传》的稿本。从《宣和遗事》变成《水浒传》，是中国文学史上一大进步。但宋朝是"杂记小说"极盛的时代，故《宣和遗事》等书，总脱不了"杂记体"的性质，都是上段不接下段，没有结构布局的。宋朝的"杂记小说"颇多好的，但都不配称做"短篇小说"。"短篇小说"是有结构局势的；是用全副精神气力贯注到一段最精彩的事实上的。"杂记小说"是东记一段，西记一段，如一盘散沙，如一篇零用账，全无局势结构的。这个区别，不可忘记。

　　明清两朝的"短篇小说"，可分白话与文言两种。白话的"短篇小说"可用《今古奇观》作代表。《今古奇观》是明末的书，大概不全是一人的手笔（如《杜十娘》一篇，用文言极多，远不如《卖油郎》，似出两人手笔）。书中共有四十篇小说，大要可分两派：一是演述旧作的，一是自己创作的。如《吴保安弃家赎友》一篇，全是演唐人的《吴保安传》，不过添了一些琐屑节目罢了。但是这些加添的琐屑节目，便是文学的进步。《水浒》所以比《史记》更好，只在多了许多琐屑细节。《水浒》所以比《宣和遗事》更好，也只在多了许多琐屑细节。从唐人的吴保安，变成《今古奇观》的吴保安；从唐人的李汧公，变成《今古奇观》的李汧公；从汉人的伯牙子期，变成《今古奇观》的伯牙子期：——这都是文学由略而详，由粗枝大叶而琐屑细节的进步。此外那些明人自己创造的小说，如《卖油郎》，如《洞庭红》，如《乔太守》，如《念亲恩孝女藏儿》，都可称很好的"短篇小说"。依我看来，《今古奇观》的四十篇之中，布局以《乔太守》为最工，写生以《卖油郎》为最工。《乔太守》一篇，用一个李都管做全篇的线索，是有意安排的结构。《卖油郎》一篇写秦重、花魁娘子、九妈、四妈，各到好处。《今古奇观》中虽有很平常的小说（如《三孝廉》《吴保安》《羊角哀》诸篇），比起唐人的散文小说，已大有进步了。唐人的小说，最好的莫如《虬髯客传》。但《虬髯客传》写的是英雄豪杰，容易见长。《今古奇观》中大多数的小说，写的都是琐细的人情世故，不容易写得好。唐人的小说大都属于理想主义（如《虬髯客传》《红线》《聂隐娘》诸篇）。《今古奇观》中如《卖油郎》《徐老仆》《乔太守》《孝女藏儿》，便近于写实主义了。至于由文言的唐人小说，变成白话的《今古奇观》，写物写情，都更能曲折详尽，那更是一大进步了。

　　只可惜白话的短篇小说，发达不久，便中止了。中止的原因，约有两层。第一，因为白话的"章回小说"发达了，做小说的人往往把许多短篇略加组织，合成长篇。如《儒林外史》和《品花宝鉴》名为长篇的"章回小说"，其实都是许多短篇凑拢来的。这种杂凑的长篇小说的结果，反阻碍了白话短篇小说的发达了。第二，是因为明末清初的文人，很做了一些中上的文言短篇小说。如《虞初新志》《虞初续志》《聊斋志异》等书里面，很有几篇可读的小说。比较看来，还该把《聊斋志异》来代表这两朝的文言小说。《聊斋》里面，如《续黄粱》《胡四相公》《青梅》《促织》《细柳》……诸篇，都可称为"短篇小说"。《聊斋》的小说，平心而论，实在高出唐人的小说。蒲松龄虽喜说鬼狐，但他写鬼狐却都是人情世故，于理想主义之中，却带几分写实的性质。这实在是他的长处。只可惜文言不是能写人情世故的利器。到了后来，那些学《聊斋》的小说，更不值得提起了。

三、结论

最近世界文学的趋势，都是由长趋短，由繁多趋简要。——"简"与"略"不同，故这句话与上文说"由略而详"的进步，并无冲突。——诗的一方面，所重的在于"写情短诗"（Lyrical Poetry或译"抒情诗"），像Homer，Milton，Dante那些几十万字的长篇，几乎没有人做了；就有人做（十九世纪尚多此种），也很少人读了。戏剧一方面，萧士比亚（今译莎士比亚）的戏，有时竟长到五出二十幕（此所指乃Hamlet也），后来变到五出五幕；又渐渐变成三出三幕；如今最注重的是"独幕戏"了。小说一方面，自十九世纪中段以来，最通行的是"短篇小说"。长篇小说如Tolstoy的《战争与和平》，竟是绝无而仅有的了。所以我们简直可以说，"写情短诗""独幕剧""短篇小说"三项，代表世界文学最近的趋向。这种趋向的原因，不止一种。（一）世界的生活竞争一天忙似一天，时间越宝贵了，文学也不能不讲究"经济"；若不经济，只配给那些吃了饭没事做的老爷太太们看，不配给那些在社会上做事的人看了。（二）文学自身的进步，与文学的"经济"有密切关系。斯宾塞说，论文章的方法，千言万语，只是"经济"一件事。文学越进步，自然越讲求"经济"的方法。有此两种原因，所以世界的文学都趋向这三种"最经济的"体裁。今日中国的文学，最不讲"经济"。那些古文家和那"《聊斋》滥调"的小说家，只会记"某时到某地，遇某人，作某事"的死账，毫不懂状物写情是全靠琐屑节目的。那些长篇小说家又只会做那无穷无极《九尾龟》一类的小说，连体裁布局都不知道，不要说文学的经济了。若要救这两种大错，不可不提倡那最经济的体裁——不可不提倡真正的"短篇小说"。

文学进化观念与戏剧改良

去年我曾说过要做一篇《戏剧改良私议》，不料这一年匆匆过了，我这篇文章还不曾出世。于今《新青年》在这一期正式提出这个戏剧改良的问题，我以为我这一次恐怕赖不过去了。幸而有傅斯年君做了一篇一万多字的《戏剧改良各面观》，把我想要说的话都说了，而且说得非常明白痛快；于是我这篇《戏剧改良私议》竟可以公然不做了。本期里还有两篇附录：一是欧阳予倩君的《予之戏剧改良观》；一是张镠子君的《我的中国旧戏观》。此外还有傅君随后做的《再论戏剧改良》，评论张君替旧戏辩护的文章。后面又有宋春舫先生的《近世名戏百种目》，选出一百种西洋名戏，预备我们译作中国新戏的模范本。这一期有了这许多关于戏剧的文章，真成了一本"戏剧改良号"了！我看了这许多文章，颇有一点心痒手痒，也想加入这种有趣味的讨论，所以我划出戏剧改良问题的一部分做我的题目，就叫做"文学进化观念与戏剧改良"。

我去年初回国时看见一部张之纯的《中国文学史》，内中有一段说道：

> 是故昆曲之盛衰，实兴亡之所系。道咸以降，此调渐微。中兴之颂未终，海内之人心已去。识者以秦声之极盛，为妖孽之

先征。其言虽激，未始无因。欲睹升平，当复昆曲。《乐记》一
言，自胜于政书万卷也。（下卷页一一八）

这种议论，居然出现于"文学史"里面，居然作师范学校"新教科书"
用。我那时初从外国回来，见了这种现状，真是莫名其妙。这种议论的
病根全在没有历史观念，故把一代的兴亡与昆曲的盛衰看作有因果的关
系，故说"欲睹升平，当复昆曲"。若是复昆曲遂可以致升平，只消一
道总统命令，几处警察厅的威力，就可使中国戏园家家唱昆曲，——难
道中国立刻便"升平"了吗？我举这一个例来表示现在谈文学的人大多
没有历史进化的观念。因为没有历史进化的观念，故虽是"今人"，却
要做"古人"的死文字；虽是二十世纪的人，偏要说秦汉唐宋的话。
即以戏剧一个问题而论，那班崇拜现行的西皮二簧戏，认为"中国文学
美术的结晶"的人，固是不值一驳；就有些人明知现有的皮簧戏实在不
好，终不肯主张根本改革，偏要主张恢复昆曲。现在北京一班不识字的
昆曲大家天天鹦鹉也似的唱昆腔戏，一班无聊的名士帮着吹打，以为这
就是改良戏剧了。这些人都只是不明文学废兴的道理，不知道昆曲的衰
亡自有衰亡的原因；不知道昆曲不能自保于道咸之时，决不能中兴于既
亡之后。所以我说，现在主张恢复昆曲的人与崇拜皮簧的人，同是缺乏
文学进化的观念。

　　如今且说文学进化观念的意义。这个观念有四层意义，每一层含有一
个重要的教训。

　　第一层总论文学的进化：文学乃是人类生活状态的一种记载，人类生
活随时代变迁，故文学也随时代变迁，故一代有一代的文学。周秦有周秦
的文学，汉魏有汉魏的文学，唐有唐的文学，宋有宋的文学，元有元的文
学。《三百篇》的诗人做不出《元曲选》，《元曲选》的杂剧家也做不出
《三百篇》。左邱明做不出《水浒传》，施耐庵也做不出《春秋左传》。
这是文学进化观念的第一层教训，最容易明白，故不用详细引证了（古人

如袁枚、焦循，多有能懂得此理的）。

文学进化观念的第二层意义是：每一类文学不是三年两载就可以发达完备的，须是从极低微的起原，慢慢的，渐渐的，进化到完全发达的地位。有时候，这种进化刚到半路上，遇着阻力，就停住不进步了；有时候，因为这一类文学受种种束缚，不能自由发展，故这一类文学的进化史，全是摆脱这种束缚力争自由的历史；有时候，这种文学上的羁绊居然完全毁除，于是这一类文学便可以自由发达；有时候，这种文学革命止能有局部的成功，不能完全扫除一切枷锁镣铐，后来习惯成了自然，便如缠足的女子，不但不想反抗，竟以为非如此不美了！这是说各类文学进化变迁的大势。西洋的戏剧便是自由发展的进化；中国的戏剧便是只有局部自由的结果。列位试读王国维先生的《宋元戏曲史》，试看中国戏剧从古代的"歌舞"（Ballad Dance，歌舞是一事，犹言歌的舞也），一变而为戏优；后来加入种种把戏，再变而为演故事兼滑稽的杂戏（王氏以唐、宋、辽、金之滑稽戏为一种独立之戏剧，与歌舞戏为二事。鄙意此似有误。王氏引各书所记诙谐各则，未必独立于歌舞戏之外。但因打诨之中时有谲谏之旨，故各书特别记此诙谐之一部分而略其不足记之他部分耳。元杂剧中亦多打诨语。今之京调戏亦可随时插入讥刺时政之打诨。若有人笔记之，后世读之者亦但见林步青、夏月珊之打诨而不见其他部分，或亦有疑为单独之滑稽戏者矣）；后来由"叙事"体变成"代言"体，由遍数变为折数，由格律极严的大曲变为可以增减字句变换宫调的元曲，于是中国戏剧三变而为结构大致完成的元杂剧。但元杂剧不过是大体完具，其实还有许多缺点：（一）每本戏限于四折，（二）每折限于一宫调，（三）每折限一人唱。后来南戏把这些限制全部毁除，使一戏的长短无定，一折的宫调无定，唱者不限于一人。杂剧的限制太严，故除一二大家之外，多止能铺叙事实，不能有曲折详细的写生工夫；所写人物，往往毫无生气；所写生活与人情，往往缺乏细腻体会的工夫。后来的传奇，因为体裁更自由了，故于写生，写物，言情，各方面都大有进步。试举例为证。李渔的《蜃中楼》乃是合并《元曲选》里的《柳毅传书》同《张生煮海》两本戏做成的，但《蜃中楼》不但情节更有趣味，并且把戏中人物一一都写得有点生气，个个都有点个性的区别，如元剧中的钱塘君虽于布局有关，但没有着意描写；李渔于《蜃中楼》的《献寿》一折中，写钱塘君何等痛快，何等有意味！这便是一进步。又如元剧《渔樵记》写朱买臣事，为后来南戏《烂柯山》所本，但《烂柯山》中写人情世故，远胜《渔樵记》，试读《痴梦》一折，便知两本的分别。又如昆曲《长生殿》与元曲《梧桐雨》同记一事，但两本相比，《梧桐雨》叙事虽简洁，写情实远不如《长生殿》。以戏剧的体例看来，杂剧的文字经济实为后来所不及；但以文学上表情写生的工夫看来，杂剧实不及昆曲。如《长生殿》中《弹词》一折，虽脱胎于元人的《货郎旦》，但一经运用不同，便写出无限兴亡盛衰的感慨，成为一段很动人的文章。以上所举的三条例，——《蜃中楼》《烂柯山》《长生殿》——都可表示杂剧之变为南戏传奇，在体裁一方面虽然不如元代的谨严，但因为体裁更自由，故于写生表情一方面实在大有进步，可以算得是戏剧史的一种进化。即以传奇变为京调一事而论，据我个人看来，也可算得是一种进步。传奇的大病在于太偏重乐曲一方面；在当日极盛时代固未尝不可供私家歌童乐部的演唱；但这种戏只可供上流人士的赏玩，不能成通俗的文学。况且剧本折数无限，大多数都是太长了，不能全演，故不能不割出每本戏中最精彩的几折，如《西厢记》的《拷红》，如《长生殿》的《闻铃》《惊变》等，其余的几折，往往无人过问了。割裂之后，文人学士虽可赏玩，但普通一般社会更觉得无头无尾，不能懂得。传奇杂剧既不能通行，于是各地的"土戏"纷纷兴起：徽有徽调，汉有汉调，粤有粤戏，蜀有高腔，京有京调，秦有秦腔。统观各地俗剧，约有五种公共的趋向：（一）材料虽有取材于元明以来的"杂剧"（亦有新编者），而一律改为浅近的文字；（二）音乐更简单了，从前各种复杂的曲调渐渐被淘汰完了，只剩得几种简单的调子；（三）因上两层的关系，曲中字句比较的容易懂得多了；（四）每本戏的长短，比"杂剧"更无限制，更自由了；（五）其中虽多连台的长戏，但短戏的趋向极强，故其中往往有很有剪裁的短戏，如《三娘教子》《四进士》之类。依此五种性质看来，我们很可以说，从昆曲变为近百年的"俗戏"，可算得中国戏剧史上一大革命。大概百年来政治上的大乱，生计上的变化，私家乐部的销灭，也都与这种"俗剧"的兴起大有密切关系。后来"俗剧"中的京调受了几个有势力的人，如前清慈禧后等的提倡，于是成为中国戏界最通行的戏剧。但此种俗剧的运动，起原全在中下级社会，与文人学士无关，故戏中字句往往十分鄙陋，梆子腔中更多极不通的文字。俗剧的内容，因为他是中下级社会的流行品，故含有此种社会的种种恶劣性，很少如《四进士》一类有意义的戏。况且编戏做戏的人大都是没有学识的人，故俗剧中所保存的戏台恶习惯最多。这都是现行俗戏的大缺点。但这种俗戏在中国戏剧史上，实在有一种革新的趋向，有一种过渡的地位，这是不可埋没的。研究文学历史的人，须认清这种改革的趋向，更须认明这种趋向在现行的俗剧中不但并不曾完全达到目的，反被种种旧戏的恶习惯所束缚，到如今弄成一种既不通俗又无意义的恶劣戏剧。——以上所说中国戏剧进化小史的教训是：中国戏剧一千年来力求脱离乐曲一方面的种种束缚，但因守旧性太大，未能完全达到自由与自然的地位。中国戏剧的将来，全靠有人能知道文学进化的趋势，能用人力鼓吹，帮助中国戏剧早日脱离一切阻碍进化的恶习惯，使他渐渐自然，渐渐达到完全发达的地位。

　　文学进化的第三层意义是：一种文学的进化，每经过一个时代，往往带着前一个时代留下的许多无用的纪念品；这种纪念品在早先的幼稚时代本来是很有用的，后来渐渐的可以用不着他们了，但是因为人类守旧的惰性，故仍旧保存这些过去时代的纪念品。在社会学上，这种纪念品叫做"遗形物"（Vestiges or Rudiments）。如男子的乳房，形式虽存，作用已失；本可废去，总没废去；故叫做"遗形物"。即以戏剧而论，古代戏剧的中坚部分全是乐歌，打诨科白不过是一小部分；后来元人杂剧中，科白竟占极重要的部分；如《老生儿》《陈州粜米》《杀狗劝夫》等杂剧竟有长至几千字的说白，这些戏本可以废去曲词全用科白了，但曲词终不曾废去。明代已有"终曲无一曲"的传奇，如屠长卿的《昙花梦》（见汲古阁六十种曲），可见此时可以完全废曲用白了；但后来不但不如此，并且白越减少，曲词越增多，明朝以后，除了李渔之外，竟连会做好白的人都没有了。所以在中国戏剧进化史上，乐曲一部分本可以渐渐废去，但也依旧存留，遂成一种"遗形物"。此外如脸谱，嗓子，台步，武把子等，都是这一类的"遗形物"，早就可以不用了，但相沿下来至今不改。西洋的戏剧在古代也曾经过许多幼稚的阶级，如"和歌"（Chorus），面具，"过门"，"背躬"（Aside），武场等。但这种"遗形物"，在西洋久已成了历史上的古迹，渐渐的都淘汰完了。这些东西淘汰干净，方才有纯粹戏剧出世。中国人的守旧性最大，保存的"遗形物"最多。皇帝虽没有了，总统出来时依旧地上铺着黄土，年年依旧祀天祭孔，这都是"遗形物"。再回到本题，现今新式舞台上有了布景，本可以免去种种开门，关门，跨门槛的做作了，但这些做作依旧存在；甚至于在一个布置完好的祖先堂里"上马加鞭"！又如武把子一项，本是古代角牴等戏的遗风，在完全成立的戏剧里本没有立足之地。一部《元曲选》里，一百本戏之中只有三四本用得着武场；而这三四本武场戏之中有《单鞭夺槊》和《气英布》两本都用一个观战的人口述战场上的情形，不用在戏台上打仗而战争的情状都能完全写出。这种虚写法便是编戏的一大进步。不料中国戏剧家发明这种虚写法之后六七百年，戏台上依旧是打斤斗，爬杠子，舞刀耍枪的卖弄武把子，这都是"遗形物"的怪现状。这种"遗形物"不扫除干净，中国戏剧永远没有完全革新的希望。不料现在的评剧家不懂得文学进化的道理；不知道这种过时的"遗形物"很可阻碍戏剧的进化；又不知道这些东西于戏剧的本身全不相关，不过是历史经过的一种遗迹；居然竟有人把这些"遗形物"，——脸谱，嗓子，台步，武把子，唱工，锣鼓，马鞭子，跑龙套等等——当作中国戏剧的精华！这真是缺乏文学进化观念的大害了。

文学进化观念的第四层意义是：一种文学有时进化到一个地位，便停住不进步了；直到他与别种文学相接触，有了比较，无形之中受了影响，或是有意的吸收人的长处，方才再继续有进步。此种例在世界文学史上，真是举不胜举。如英国戏剧在伊里莎白女王的时代本极发达，有蒋生（今译琼森）（Ben Jonson）、萧士比亚（今译莎士比亚）等的名著；后来英国人崇拜萧士比亚太甚了，被他笼罩一切，故十九世纪的英国诗与小说虽有进步，于戏剧一方面实在没有出色的著作；直到最近三十年中，受了欧洲大陆上新剧的影响，方才有萧伯纳（Bernard Shaw）、高尔华胥（今译高尔斯华绥）（John Galsworthy）等人的名著。这便是一例。中国文学向来不曾与外国高级文学相接触，所接触的都没有什么文学的势力；然而我们细看中国文学所受外国的影响，也就不少了。六朝至唐的三四百年中间，西域（中亚细亚）各国的音乐，歌舞，戏剧，输入中国的极多：如龟兹乐，如"拨头"戏（《旧唐书·音乐志》云："拨头者，出西域胡人"），却是极明显的例（看《宋元戏曲史》第九页）。再看唐宋以来的曲调，如《伊州》《凉州》《熙州》《甘州》《氐州》各种曲，名目显然，可证其为西域输入的曲调。此外中国词曲中还不知道有多少外国分子呢！现在戏台上用的乐器，十分之六七是外国的乐器，最重要的是"胡琴"，更不用说了。所以我们可以说，中国戏剧的变迁，实在带着无数外国文学美术的势力。只可惜这千余年来和中国戏台接触的文学美术都是一些很幼稚的文学美术，故中国戏剧所受外来的好处虽然一定不少，但所受的恶劣影响也一定很多。现在中国戏剧有西洋的戏剧可作直接比较参考的材料，若能有人虚心研究，取人之长，补我之短；扫除旧日的种种"遗形物"，采用西洋最近百年来继续发达的新观念，新方法，新形式，如此方才可使中国戏剧有改良进步的希望。

　　我现在且不说这种"比较的文学研究"可以得到的种种高深的方法与观念，我且单举两种极浅近的益处：

　　（一）悲剧的观念——中国文学最缺乏的是悲剧的观念。无论是小说，是戏剧，总是一个美满的团圆。现今戏园里唱完戏时总有一男一女出来一拜，叫做"团圆"，这便是中国人的"团圆迷信"的绝妙代表。有一两个例外的文学家，要想打破这种团圆的迷信，如《石头记》的林黛玉不与贾宝玉团圆，如《桃花扇》的侯朝宗不与李香君团圆；但是这种结束法是中国文人所不许的，于是有《后石头记》《红楼圆梦》等书，把林黛玉从棺材里掘起来好同贾宝玉团圆；于是有顾天石的《南桃花扇》使侯公子与李香君当场团圆！又如朱买臣弃妇，本是一桩"覆水难收"的公案，元人作《渔樵记》，后人作《烂柯山》，偏要设法使朱买臣夫妇团圆。又如白居易的《琵琶行》写的本是"同是天涯沦落人，相逢何必曾相识"两句，元人作《青衫泪》，偏要叫那琵琶娼妇跳过船，跟白司马同去团圆！又如岳飞被秦桧害死一件事，乃是千古的大悲剧，后人做《说岳传》偏要说岳雷挂帅打平金兀术，封王团圆！这种"团圆的迷信"乃是中国人思想薄弱的铁证。做书的人明知世上的真事都是不如意的居大部分，他明知世上的事不是颠倒是非，便是生离死别，他却偏要使"天下有情人都成了眷属"，偏要说善恶分明，报应昭彰。他闭着眼睛不肯看天下的悲剧惨剧，不肯老老实实写天工的颠倒惨酷，他只图说一个纸上的大快人心。这便是说谎的文学。更进一层说：团圆快乐的文字，读完了，至多不过能使人觉得一种满意的观念，决不能叫人有深沉的感动，决不能引人到彻底的觉悟，决不能使人起根本上的思量反省。例如《石头记》写林黛玉与贾宝玉一个死了，一个出家做和尚去了，这种不满意的结果方才可以使人伤心感叹，使人觉悟家庭专制的罪恶，使人对于人生问题和家族社会问题发生一种反省。若是这一对有情男女竟能成就"木石姻缘"团圆完聚，事事如意，那么曹雪芹又何必作这一部大书呢？这一部书还有什么"余味"可说呢？故这种"团圆"的小说戏剧，根本说来，只是脑筋单简，思力薄弱的文学，不耐人寻思，不能引人反省。西洋的文学自从希腊的厄斯奇勒（**今译埃斯库罗斯**）（Aeschylus），沙浮克里（**今译索福克勒斯**）（Sophocles），虞里彼底（**今译欧里庇得斯**）（Euripides）时代即有极深密的悲剧观念。悲剧的观念：第一，即是承认人类最浓挚最深沉的感情不在眉开眼笑之时，乃在悲哀不得意无可奈何的时节；第二，即是承认人类亲见别人遭遇悲惨可怜的境地时，都能发生一种至诚的同情，都能暂时把个人小我的悲欢哀乐一齐消纳在这种至诚高尚的同情之中；第三，即是承认世上的人事无时无地没有极悲极惨的伤心境地，不是天地不仁，"造化弄人"（此希腊悲剧中最普通的观念），便是社会不良使个人销磨志气，堕落人格，陷入罪恶不能自脱（此近世悲剧最普通的观念）。有这种悲剧的观念，故能发生各种思力深沉，意味深长，感人最烈，发人猛省的文学。这种观念乃是医治我们中国那种说谎作伪思想浅薄的文学的绝妙圣药。这便是比较的文学研究的一种大益处。

（二）文学的经济方法——我在《论短篇小说》一篇里，已说过"文学的经济"的道理了。本篇所说，专指戏剧文学立论。

戏剧在文学各类之中，最不可不讲经济。为什么呢？因为：（1）演戏的时间有限；（2）做戏的人的精力与时间都有限；（3）看戏的人的时间有限；（4）看戏太长久了，使人生厌倦；（5）戏台上的设备，如布景之类，有种种困难，不但须要图省钱，还要图省事；（6）有许多事实情节是不能在戏台上一一演出来的，如千军万马的战争之类。有此种种原因，故编戏时须注意下列各项经济的方法：

（1）时间的经济　须要能于最简短的时间之内，把一篇事实完全演出。

（2）人力的经济　须要使做戏的人不致筋疲力竭；须要使看戏的人不致头昏眼花。

（3）设备的经济　须要使戏中的陈设布景不致超出戏园中设备的能力。

（4）事实的经济　须要使戏中的事实样样都可在戏台上演出来；须要把一切演不出的情节一概用间接法或补叙法演出来。

我们中国的戏剧最不讲究这些经济方法。如《长生殿》全本至少须有四五十点钟方可演完，《桃花扇》全本须用七八十点钟方可演完。有人说，这种戏从来不唱全本的；我请问，既不唱全本，又何必编全本的戏呢？那种连台十本，二十本，三十本的"新戏"，更不用说了。这是时间的不经济。中国戏界最怕"重头戏"，往往有几个人递代扮演一个脚色，如《双金钱豹》，如《双四杰村》之类。这是人力的不经济。中国新开的戏园试办布景，一出《四进士》要布十个景；一出《落马湖》要布二十五个景！（这是严格的说法。但现在的戏园里武场一大段不布景）这是设备的不经济。再看中国戏台上，跳过桌子便是跳墙；站在桌上便是登山；四个跑龙套便是一千人马；转两个湾便是行了几十里路；翻几个斤斗，做几件手势，便是场大战。这种粗笨愚蠢，不真不实，自欺欺人的做作，看了真可使人作呕！既然戏台上不能演出这种事实，又何苦硬把这种情节放在戏里呢？西洋的戏剧最讲究经济的方法。即如本期张镠子君《我的中国旧戏观》中所说外国戏最讲究的"三种联合"，便是戏剧的经济方法。张君引这三种联合来比中国旧戏中身段台步各种规律，便大错了。三种联合原名"The Law of Three Unities"，当译为"三一律"。"三一"即是：（1）一个地方，（2）一个时间，（3）一桩事实。我且举一出《三娘教子》做一个勉强借用的例。《三娘教子》这出戏自始至终，只在一个机房里面，只须布一幕的景，这便是"一个地方"；这出戏的时间只在放学回来的一段时间，这便是"一个时间"；这出戏的情节只限于机房教子一段事实，这便是"一桩事实"。

这出戏只挑出这一小段时间，这一个小地方，演出这一小段故事；但是看戏的人因此便知道这一家的历史；便知道三娘是第三妾，他（她）的丈夫从军不回，大娘、二娘都再嫁了，只剩三娘守节抚孤；这儿子本不是三娘生的，……这些情节都在这小学生放学回来的一个极短时间内，从三娘薛保口中，一一补叙出来，正不用从十几年前叙起：这便是戏剧的经济。但是《三娘教子》的情节很简单，故虽偶合"三一律"，还不算难。西洋的希腊戏剧遵守"三一律"最严；近世的"独幕戏"也严守这"三一律"。其余的"分幕剧"只遵守"一桩事实"的一条，于时间同地方两条便往往扩充范围，不能像希腊剧本那种严格的限制了（看《新青年》四卷六号以来的易卜生所做的《娜拉》与《国民之敌》两剧便知）。但西洋的新戏虽不能严格的遵守"三一律"，却极注意剧本的经济方法：无五折以上的戏，无五幕以上的布景，无不能在台上演出的情节。张镠子君说，"外国演陆军剧，必须另筑大戏馆"。这是极外行的话。西洋戏剧从没有什么"陆军剧"；古代虽偶有战斗的戏，也不过在戏台后面呐喊作战斗之声罢了；近代的戏剧连这种笨法都用不着，只隔开一幕，用几句补叙的话，便够了。《元曲选》中的《薛仁贵》一本，便是这种写法，比《单鞭夺槊》与《气英布》两本所用观战员详细报告的写法更经济了。元人的杂剧，限于四折，故不能不讲经济的方法，虽不能上比希腊的名剧，下比近世的新剧，也就可以比得上十六七世纪英国、法国戏剧的经济了（此单指体裁段落，并不包括戏中的思想与写生工夫）。南曲以后，编戏的人专注意词章音节一方面，把体裁的经济方法完全抛掉，遂有每本三四十出的笨戏，弄到后来，不能不割裂全本，变成无数没头没脑的小戏！现在大多数编戏的人，依旧是用"从头至尾"的笨法，不知什么叫做"剪裁"，不知什么叫做"戏剧的经济"。补救这种笨伯的戏剧方法，别无他道，只有研究世界的戏剧文学，或者可以渐渐的养成一种文学经济的观念。这也是比较的文学研究的一种益处了。

　　以上所说两条，——悲剧的观念，文学的经济，——都不过是最浅近的例，用来证明研究西洋戏剧文学可以得到的益处。大凡一国的文化最忌的是"老性"；"老性"是"暮气"，一犯了这种死症，几乎无药可医；百死之中，止有一条生路：赶快用打针法，打一些新鲜的"少年血性"进去，或者还可望却老还童的功效。现在的中国文学已到了暮气攻心，奄奄断气的时候！赶紧灌下西方的"少年血性汤"，还恐怕已经太迟了；不料这位病人家中的不肖子孙还要禁止医生，不许他下药，说道："中国人何必吃外国药！"……哼！

"的"字的用法

记者:

前天承你送我一段"止水"君论"的"字的"余谭"。我觉得他说的"把的字专让给术语去用、把底字来做助语用"虽然比《晨报》现在一律用"底"字的办法好一点,但是他这种说法实在还不精细。他说的"术语"和"助词"都是很含糊的名词,不能使人了解。我本想做一篇文字来讨论这个"的"字,无奈我现在实在太忙了,只好把三四年前论"的"字的一段札记转送给你登出,先供大家的参考。

又"止水"君说"术语用底的字大概从鹄的引申来底"。这话不然。"的"字即是文言的"之"字和"者"字。古无舌上的音,之字读如台,者字读如都,都是舌头的音,和"的"字同一个声母。后来文言的"之""者"两字变成舌上音,而白话没有变,仍是舌头音,故成"的""地""底"三个字。后来又并一个"的"字(《水浒》里还有分别)。其实一个的字尽够了。不得已的时候,可加一个"之"字。如"美国之民治的发展"。依我个人看来,"底"字尽可不必用。如必欲用"底"字,应该规定详细的用法,决不是"术语""助词"两种区别就够了的。请问"止水"君,以为如何?

胡　适

附："的"字的文法

　　的字宋人读作上声，故用底字。如罗仲素曰，"天下无不是底父母"。陆象山则底的两字并用，如下列二例是也。

　　　　防闲古人亦有之。但他底防闲，与吾友别。（一）

　　　　论语中多有无头柄的说话。（二）

　　的字之文法，甚足资研究。盖此字之用，可代文言之者字、之字、所字。细析之，凡得九种用法。

　　（一）的字用如之字，置于二名之间，以示后名属于前名。

　　　　（例）**子上之母死于卫。（《礼记》）**

　　　　　　　卖枣糕徐三的老婆。（《水浒传》）

　　（二）的字用如之字，凡名词前有二以上之形容词，则用之字的字，以示其用又以稍舒文气也。

　　　　（例）**膏腴之地。忠孝之人。**

　　　　　　　天下无不是的父母。

　　（三）的字用如者字，置于形容词之后，以代被形容之名词。此类用法，其所形容之事物必为泛举全类而言。其事物为何，又皆为言者听者所共晓。故以者字的字代之足矣。

　　　　（例）**老者安之。少者怀之。（《论语》）**

　　　　　　　老的老。少的少。

　　（四）的字用如者字，置于一句或一读之末，为本读中动词之起词。

　　　　（例）**杀人者死，伤人者抵罪。（《史记》）**

　　　　　　　那卖油的姓秦。（《今古奇观》）

右（上）例"杀人者""卖油的"两读，皆用如名词，为句中起词。

　　（五）的字用如者字，与第四用法略同。惟所在之读，非用如名词，而惟用如形容词或表词耳。

　　　　（例）**而立宛贵人之故待遇汉使善者，名昧蔡，以为宛**

王。（《史记·大宛传》）

取诸人以为善，是与人为善者也。（《孟子》）

一个和尚，叫老丈做干爷的，送来。（《水浒传》）

黄道台便晓得这电报是两江督幕里一个亲戚，姓王号
仲荃的，得了风声，知会他的。（《官场现形记》）

右（上）例中"叫老丈做干爷的"一读，乃形容和尚者也。"姓王号仲荃
的"一读，形容亲戚者也。"两江督幕里一个亲戚……知会他的"一长
读，乃是字之表词也。

（六）的字用如之字，凡名词前之形容词若为一读，则以之字的字间
之。其用略如第二用法，惟在彼则名词前之形容词皆不成为读耳（凡有起
词语词而辞意未全者曰读）。

（例）好名之人，能让千乘之国。（《孟子》）

你这与奴才作奴才的奴才。（《水浒传》）

右（上）例"好名之人"犹言人之好名者。"好名"为一读，以形容人
字。"与奴才作奴才的"为一读，以示其为何等之奴才也。

（七）的字用如所字，所字与者字同是承转代名词，惟者字常为主次
（即起词）而所字常为宾次（即止词）。

（例）问此诗是何人所作。

问这诗是谁做的。

何所为（为的什么）

天杀的（天所杀）。雷打的（雷所打）。

此用法之最有趣者，乃在止词之位置。古文用所字，常位于动词介字之
前。如"视其所以。观其所由。察其所安"。所字为以字由字安字之止
词，而位于其前。今文用的字，则止词变而位于数词之后。读者观于"天
杀的"与"天所杀"二语之别，可知文法之变迁矣。

在文字史上，此种文法变迁，乃一种大事，其重要正如政治史上之朝
代兴亡。上所述承转代名词之读之止词位置，乃由正格变为变格，复由变

格改为正格者也。汉文句法正格如下式。

　　　　（一）起词（二）语词（三）止词或表词

　　　　（例）子（起词）见（语词）南子（止词）。

　　　　　　孔子（起词）行（语词）。

　　　　　　我（起词）为（语词）我（表词）。

　　　　　　子上之母（起词）死（语词）于（介词）卫（司词）。

此正格也。读中用承转代名者所两字，则为变格。

变格一　者字读

　　　　顺（者之语词）天（顺之止词）者（顺之起词）存。（全句之语词其起词为顺天者三字。）

右（上）例之式为：

　　　　（一）语词（二）止词（三）起词

变格二　所字读

　　　　十目（起词）所（止词）视（语词）。十手所指。

右（上）例之式为：

　　　　（一）起词（二）止词（三）语词

（注）变格此外尚有他种。今不具述。

者字变为的字，而文法不变。

　　　　（例）杀人者死。

　　　　　　打虎的来了。

所字变为的字，其文法复变为正格。

　　　　（例）谁所作。

　　　　　　谁作的。

（八）的字尚有一种用法，大可补文言之缺点，则用为"表词的形容词"是也。形容词有两种用法，一为名词的，以加于名词之前。如好人、疯狗是也。一为表词的，以加于语词之后。如"这书是我的朋友的"、"此用法为表词的"是也。文言中有时用"者也"二字，有时竟单用形容词，而不用动词。

　　（例）此人甚孝。其味酸。

　　　　此乃用如表词者也。

然不如用的字之直截了当矣。如云"此形容词之用法为表词的，而非名词的"。若不用的字，则须费几许周折，始能达意。今之浅人或以此种用法为由日本文输入，遂故意避而不用。不知此实由汉文者字展转变化而来，久成日用之文法。既能应用，即不为俗，何须避而不用也。

　　（九）的字亦可用于状词之末，此亦文言之所不及也。

　　（例）姓方的便渐渐的不敌了。

　　　　便在大门外头，当街爬下，绷冬绷冬的磕了三个头。

　　　　嘴里不住的自言自语。（均见《官场现形记》）

"渐渐的""绷冬绷冬的""不住的"皆状词之顿也。读者试将第二例译为文言，便知白话之胜于文言。文言之长，白话皆可及之。白话之长，有非文言所能企及者矣。

　　如此用法之的字，在宋元时，皆作"地"字。

　　（例）（宋）若某则不识一字，亦须还我堂堂地做个人。

（《陆象山语录》）

　　　　（元）只见乱树背后，扑地一声响。（《水浒》）

　　　　只听得一声响，簌簌地将那树连枝带叶打将下来。（同）

　　　　武松把左手紧紧地揪住顶花皮。（同）

　　"堂堂地""扑地""簌簌地""紧紧地"皆状词之顿也。今皆作的字矣。

中国文学过去与来路

诸位！近四十年来，在事实上，中国的文学，多半偏于考据，对于新文学殊少研究，以我专从事研究学术与思想的人去讲文学，颇觉不当，但"既来之，则安之"，所以也不得不说几句话。我觉得文学有三方面：一是历史的，二是创造的，三是鉴赏的。历史的研究固甚重要，但创造方面更是要紧，而鉴赏与批评也是不可偏废的。马幼渔先生在中国文学系设文学讲演一科，可谓开历来的新纪元，如有天才的人，再加以指导、批评，则其天才当有更大的进展。马先生本来是约我和徐志摩先生作第一次讲演的，不幸得很，志摩死了，只好我来作第一次讲演，以后当讲一讲徐先生的作品，今天讲的题目是："中国文学过去与来路。"这好像是店家看看账一样，究竟是货物的来路如何，再去结算一下总账。过去大约有四条来路，——来路也就是来源。

第一，来源于实际的需要。譬如吾人到研究室里去，看看甲骨文字，上面有许多写着某月某日祭祀等等，巴比仑之砖头，上面写信，写着某某人。我们中国以前也用竹简或木简，近来在西北所发现的竹简很多，像这些祭祀、通信、卜辞、报告等等，都是因为实际的需要才有的，这些是记事的体裁，如《墨子》《庄子》等书，也都是为着实际的需要才逼出来的。

第二，来源于民间。人的感情在各种压迫之下，就不免表现出各种劳苦与哀怨的感情，像匹夫匹妇，旷男怨女的种种抑郁之情，表现出来，或为诗歌，或为散文，由此起点，就引起后来的种种传说故事，如《三百篇》大都（是）民间匹夫匹妇、旷男怨女的哀怨之声，也就是民间半宗教半记事的哀怨之歌。后来五言诗七言诗，以至公家的乐府，它们的来源也都是由此而起的。如今之舞女，所唱的歌，或为文人所作给她们唱的，又如诗词、小说、戏曲，皆民间故事之重演，像《诗经》《楚辞》、五言诗、七言诗，这都是由民间文学而来。

第三，来源于国家所规定的考试。国家规定一种考试的体裁，拿这种文章的体裁去考试人材，这是一种极其机械的办法，如唐朝作赋，前八字一定为破题，以后就变为八股了，这是机械的，愈机械愈好，像五言律诗、七言律诗，都是这一种的东西，这没有什么价值，但是它的影响却大。中国五六百年来，均受此种影响，这也可说是一条来路。

第四，来源于外国文学。中国受了印度不少的影响，如小说、诗歌、记事之故事等等，都是受了她的熏染与陶冶的。

这四条路，第三条虽是与中国文学影响很大，但是有害的，没有什么价值，最重要还是第二条路的民间文学，占一个极重要的位置。中国文学史没有生气则已，稍有生气者皆自民间文学而来。前如傅斯年先生在巴黎时谈起民间文学有四个时期：第一个时期，是诗词、歌谣，本身的自然风行民间。第二个时期，是由民间的体裁传之于文人，一些文人们也仿着这种体裁做起民间的文学来。第三个时期，是他们自己在文学里感觉着无能，于是第一流的文学家的思想也受了影响，他们的感情起了冲动，也以民间的文学作为体裁而产生出一种极伟大的文学，这可以说是一个很纯粹的时期。第四个时期，是公家以之作成乐府，此时期可谓最出风头了。但是到了极高峰，后来又慢慢的低落下来了，如乐府《陌上桑》是顶好的文学作品，后来就有人摹仿着作《陌上桑》，例如胡适之又摹仿那个摹仿作

《陌上桑》的人作《陌上桑》，后来又有人摹仿胡适之作起来，这样以至无穷无穷，才慢慢的变为下流。如词曲、小说，都是这样，先有王实甫、曹雪芹、施耐庵等，后来就有人摹仿他们，以至低落下去，这样一来，是很危险的。

民间文学，一般士大夫（外国所谓之Gentleman）向来看不起他们，这是因为：第一缺陷，来路不高明，他们出身微贱，故所产生的东西，士大夫们就视作雕虫小技，《诗经》，他们所不敢轻视的，因为是圣人所订，《楚辞》为半恋爱半爱国的热烈的沉痛的感情奔放作品，故站得住，五七言诗为曹氏所扶植，因他们为帝王，故亦站得住，词曲、小说，不免为小道，皆为其出身微贱的缘故。第二缺陷，因为这些是民间细微的故事，如婆婆虐待媳妇啰，丈夫与妻子吵了架啰……那些题目、材料，都是本地风光，变来变去，都是很简单的，如五七言诗，词曲等也是极简单不复杂的，这是因为匹夫匹妇，旷男怨女思想的简单和体裁的幼稚的缘故，来源不高明，这也是一个极大的缺陷。第三缺陷为传染，如民间浅薄的、荒唐的、迷信的思想互相传染。第四缺陷，为不知不觉之所以作，凡去写文艺的，是无意的传染与摹仿，并非有意的去描写，这一点甚关重要，中国二千五百年的历史，可谓无一人专心致意的来研究文学，可谓无一人专心致意的来创造文学！这种缺陷是不可以道里计的。到了唐朝，韩退之、白香山等深感觉骈文流行之不便，才把他们认为古文的改为散文，这种运动，可说是一种文学运动，二千五百年无一人有此种运动，十四年前有新文学运动，亦为此一种，这是由无意的传染一变而为有意的研究。

新文学的来路，也有两条：

一，就是民间文学，如现今大规模的搜集民间歌谣故事等，帮助新文学的开拓，实非浅鲜。

二，除印度外，即为欧洲文学，我们新的文学，受欧洲影响极大。欧洲文学，最近两三百年如诗歌、小说等皆自民间而来，第一流人物，把这种文学看作专门事业，当成是一种极高贵的、极有价值的终身职业，他们倡导文学的是极有名的人，如华茨华斯（今译华兹华斯）（William Wordsworth，1770—1850年）、莫泊霜（今译莫泊桑）（Maupassant，1850—1893年）等等都是倡导文学的第一等人材，他们的文学并非由外传染，而是由内心的创造，他们是重视文学的，有这种种原故，所以才能产生出伟大的作品。我们的新文学，现在我们才知道有所谓自然主义、浪漫主义、写实主义、象征主义、心理分析，……种种派别之不同，并非小道可比，这是我们受了西洋文学的洗礼的结果。

今日替诸位算一算旧账，现在当教授的也提倡民间文学，以新的眼光和新的方法去看待它，也许从二千五百年以来要开辟一条新的道路。

四十年来的文学革命

早在印度、米苏波达米亚、地中海地区与东亚"人类智慧与文化成熟"的辉煌时代，中国人民已有很高的文化发展，其程度足与当时世界任何地区的任何文化相媲美。

但是古代中国文化并非没有严重的缺点。缺点之一是缺少一种字母来写出日用的语言。

这一差强人意的特征是中国文化极端的单纯与规律——这可能是古代人民能够仅有一种书用文字，没有受益于字母的便利，而能相处自得的主要原因。

在孔孟时代（公元前550—前350年），中国文学上诗与散文的发展盛极一时，这种文学的形式，无可怀疑的，根据当时所用的语言写成。孔子的《论语》，以及老子与孟子的著作与古代所遗留下来的哲学与文学作品，也多多少少代表了当时所用的语言。

可是这种古代的文字在廿二世纪以前，中国变成一个统一的帝国的时候，却成了一个死的，至少是半死的文字。

这一地区辽阔的统一的帝国，在遍及境内纵横的官方通讯交通中，需要一个共同的（古文作）媒介。

在公元前124年，汉朝开始制定对古文的知识是任官的先决条件。这是以古文为基础的中国文官考试制度的开始。

二十二个世纪的统一帝国与二十个世纪的文官考试共同维持了一个死去的文字，使它成为一个教育的工具，合法与官用的交通、与文学上——散文与诗——颇为尊重的媒介。

可是许多世纪以来，普通的人民——街市与乡村的男人和妇女——他们所用仅有的一种语言，也就是他们本乡本土的语言，创造了一种活的文学，有各色各样的形式，——表达爱情与忧愁的民谣、古老的传说、街头流传的歌颂爱情、英雄事迹、社会不平、揭发罪恶等的故事。

甚至一千年以前的一些和尚，也用这种语言记载下了他们的一些开诚布公的发现与经典的解释。十二世纪以及以后的一些经学大师们也将他们之间的谈话与论辩，用这种语言写了下来遗留给后代。

简而言之，中国文学有史以来有两个阶层：一，皇室、考场、宫闱中没有生命的模仿的上层文字；二，民间的通俗文字，特别是民谣、通俗的短篇故事与伟大的小说。

这些写下的伟大的短篇故事与小说印成巨册——其中有一些在近数百年以来一直是销路最佳的作品。

这些伟大的故事与小说成了学习标准日用语言（白话）的教师。

可是其中缺少一个重要的因素，——对于这种语言质美单纯，达意的"自觉的承认"与"有意的"的主张白话作为教育与文学必要而且有效的工具的努力。

我与我的朋友在四十年以前所作的只是弥补这一缺陷。

我们公开承认白话是文学上一个美丽的媒介，在过去一千年中，特别是近五百年中它已产生了一种活的文学，并且是创造与产生现代中国文学的一个有效的工具。

这一运动——一般称为文学革命，但是我个人愿意将它叫做"中国的文艺复兴"——是我与我的朋友在1915、1916与1917年在美国的大学的宿舍中所发起的。直到1917年，这一运动才在中国发展。

　　经过几年的艰苦奋斗与激烈的争辩以后，这一运动最后受到全国的承认与接受。

北京的平民文学

　　近年来，国内颇有人搜集各地的歌谣，在报纸上发表的已很不少了。可惜至今还没有人用文学的眼光来选择一番，使那些真有文学意味的"风诗"特别显出来，供大家的赏玩，供诗人的吟咏取材。前年常惠先生送我一部《北京歌唱》（Pekinese Rhymes），是1896年驻京意大利使馆华文参赞卫太尔男爵（Baron Guido Vitale）搜集的。共有一百七十首，每首先列原文，次附英文注解，次附英文译本。卫太尔男爵是一个有心的人，他在三十年前就能认识这些歌谣之中有些"真诗"，他在序里指出十八首来做例，并且说，"根据在这些歌摇之上，根据在人民的真感情之上，一种新的'民族的诗'也许能产生出来呢？"现在白话诗起来了，然而做诗的人似乎还不曾晓得俗歌里有许多可以供我们取法的风格与方法，所以他们宁可学那不容易读又不容易懂的生硬文句，却不屑研究那自然流利的民歌风格。这个似乎是今日诗国的一桩缺陷罢。我现在卫太尔的书里，选出一些有文学趣味的俗歌，介绍给国中爱"真诗"的人们。

十一，九，二十　　　胡适

　　　一（原三二）

　　　出了门儿，

　　　阴了天儿；

抱着肩儿，

进茶馆儿；

靠炉台儿，

找个朋友寻俩钱儿。

出茶馆儿，

飞雪花儿。

老天爷。

竟和穷人闹着顽儿！

　　二（原六十）

喜雀尾巴长，——

娶了媳妇儿不要娘。

妈妈要吃窝儿薄脆，

　"没有闲钱补笊篱。"

媳妇儿要吃梨，

备上驴，

去赶集；

买了梨，

打了皮，

　"媳妇儿，媳妇儿，你吃梨！"

　　三（原一一九）

隔着墙儿扔切糕，

枣儿豆儿都扔了。

隔着墙儿扔砖头，

砸了妞儿的两把儿头。（旗装妇女的头。）

隔着墙儿扔票子，

　"怎么知道姑娘没落子？"（落读如闹。）

127

四（原一三三）

我的儿，

我的姣，

三年不见，长的这么高！

骑着我的马，

拿着我的刀，

扛着我的案板卖切糕。

五（原一四〇）

锥帮子儿，

纳底子儿，

挣了二升小米子儿。

蒸蒸烙烙，

吃他娘的一顿犒劳！

六（原一五一）

小姑娘，作一梦，

梦见婆婆来下定：

真金条，

裹金条，

扎花儿裙子，绣花儿袄。

七

大哥哥，二哥哥，

这个年头怎么过！

棒子面儿二百多——

扁豆开花儿，一呀儿哟！

八（原一四六）

穷太太儿，

抱着个肩儿，

吃完了饭儿，

绕了个湾儿，

又买槟榔，

又买烟儿。

　　九（一四三）

庙门儿对庙门儿，

里头住着个小妞人儿，

白脸蛋儿，

红嘴唇儿，

扭扭捏捏爱死个人儿！

　　十（原九六）

小三儿他妈，

顶房柁，（房柁是屋梁，此句说屋低。）

窝抠眼，

挺长脖；（此两句说他瘦。）

穿着一件破袼褙，

窟窿儿大，

补丁多，

浑身的钮子没有两个。

告诉你妈嫁了我罢：

又得吃来又得喝。

　　十一（原八二）

好热天儿，

挂竹帘儿。

歪脖儿树底下，

有个妞儿哄着我顽儿！

穿着一件大红坎肩儿，

没有沿边儿；

梳油头，别玉簪儿；

左手拿着玉花篮儿，

右手拿着栀子花茉莉串枝莲儿。

　　十二（原七〇）

风来啦，

雨来啦，

老和尚背了鼓来啦！

　　十三（原五五）

红葫芦，

轧腰儿；

我是爷爷的肉姣儿，

我是哥哥的亲妹子，

我是嫂嫂的气包儿。

爷爷，爷爷，赔什么？

大箱大柜赔姑娘。

奶奶，奶奶，赔什么？

针线笸箩儿赔姑娘。

哥哥，哥哥，赔什么？

花布手巾赔姑娘。

嫂嫂，嫂嫂，赔什么？

"破坛子

烂罐子，

打发那丫头嫁汉子！"

　　十四（原四四）

一进门儿喜冲冲，

院子里头搭大棚；

洞房屋子把灯点，

新姑娘一傍泪盈盈。

新郎不住的来回观，

说，"你不吃点儿东西儿，

我可以疼！"

　　　十五（原五）

沙土地儿跑白马，

一跑跑到丈人家。

大舅儿望里让，

小舅儿望里拉。

隔着竹帘儿看见他，——

银盘大脸，黑头发，

月白缎子棉袄，银疙疸。（原注，疙疸是钮扣）

　　　十六（原二〇）

金轱辘棒，

银轱辘棒，

爷爷儿打板儿。

奶奶儿唱，——

一唱唱到大天亮。

养活了个孩子没处放，

一放放在锅台上，

嗞儿嗞儿的喝米汤！

　　【注】我选的原三二，四四，五五，六十，这四首在卫太尔指出的
十八首之中。

下卷

胡适谈历史

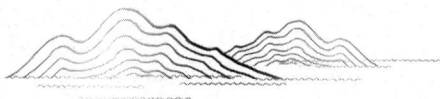

◇

　　我们是大地的古人，正当着时代的清晨。于是睡着，于是又觉醒，经历新奇，灿烂，光辉的年岁，我们会采取吸收变化的花朵和精髓。

◇

说"史"

《论语》十五，有这一段话：

子曰：吾犹及史之阙文也，有马者借人乘之。今亡矣夫！

《何晏集解》引包氏曰：

古之史于书字有疑，则阙之，以待知者。有马不能调良，则借人使习之。孔子自谓及见其人如此，至今无有矣。言此者，以俗多穿凿也（此据日本古卷子本）。邢昺正义本"古之史"作"古之良史"，又"借人使习之"作"借人乘习之"。邢疏说："史是掌书之官也。文、字也。古之良史于书字有疑，则阙之，以待能者，不敢穿凿。孔子言我尚及见此古史阙疑之文。有马者借人乘之者，此举喻也。喻己有马不能调良，当借人乘习之也。……"

又《论语》六，有这一段话：

子曰：质胜文则野，文胜质则史。文质彬彬，然后君子。

《集解》引包氏曰：

野如野人，言鄙略也。史者，文多而质少也。彬彬，文质相半之貌。（邢昺《疏》："……'文胜质则史'者，言文多，胜于质，则如史官也。……"）

文与质的讨论又见于《论语》十二：

> 棘子成曰："君子质而已矣，何以文为？"子贡曰："惜乎，夫子之说君子也，驷不及舌。文犹质也？质犹文也？虎豹之鞟犹犬羊之鞟也？"（适按，末三"也"字作"耶"字读，就不用解说了。皇侃本，高丽本，日本古卷子本，都有最末"也"字。）

《集解》引孔安国说：

> 皮去毛曰鞟。虎豹与犬羊别者，正以毛文异耳。今使文质同者，何以别虎豹与犬羊耶？

以上三条，可以互相发明。我以为"史之阙文"一句的"文"字，也应该作"文采""文饰"解。"吾犹及史之阙文也"，是说，"我还看见过那没有文藻涂饰的史文。现在大概没有了吧？"这就是说，"现在流行的'史'，都是那华文多过于实事的故事小说了。"

当孔子的时代，东起齐鲁，西至晋秦，南至荆楚，中间包括宋郑诸国，民间都流行许多新起的历史故事，都叫做"史"，其实是讲史的平话小说。最好的例子是晋国献公的几个儿子的大故事，——特别是太子申生的故事，公子重耳出亡十九年（僖公五年至二十四年）才归国重兴国家的故事。这个大故事在《国语》里占四大卷（《晋语》一至四），约有一万八千字；在《左传》里也有五六千字（旧说《左传》出于《国语》，是不确的。试比较《国语》《左传》两书里的晋献公诸子的大故事，可知两个故事都从同一个来源出来，那个来源就是民间流行的史话，而选择稍有不同，《国语》详于重耳复国以前的故事，《左传》详于重耳复国以后的故事）。这个大故事，从晋献公"卜伐骊戎"起，到晋文公死了，还不曾完，文公的棺材还"有声如牛"，卜人预言明年的殽之战的大捷。这故事里，有美人，有妖梦，有大战，有孝子，有忠臣，有落难十九年的公子，有痛快满意的报恩报仇；凡是讲史平话最动人的条件，无一不有；凡是讲史平话的技术，如人物的描写，对话的有声有色，情节的细腻，也无一不有。这种"史话"就是孔子说的"文胜质则史"。

又如鲁国当时就流行着许多史的故事，如季氏一族的大故事，从季友将生时卜楚丘之父的卜辞起，到鲁昭公失国出奔，——从前八世纪的末年直到前六世纪的晚年，一个二百年的大故事。试读"昭公出奔"的一"回"（昭公二十五年），从季公鸟的寡妇如何挑拨起季氏的内讧说起，次说到季平子与郈昭伯两家斗鸡引起仇恨，次说到平子如何得罪了臧孙氏一族，次说到这些不满意的分子如何耸动昭公决心要消灭季氏的政权，次说到阴谋的实行，公徒攻入季氏门，季氏的危机，次说到叔孙氏的家徒如何用武力去救援季孙氏，次说到孟孙氏如何犹豫，如何转变过来援助季氏，合力打败公徒，最后才说到昭公的去国出奔。这是很有小说意味的"史话"。

此外，郑国有郑庄公的故事，有子产的故事，卫国有卫宣姜的故事，有卫懿公亡国的故事，鲁国有"圣人"臧文仲的故事，晋国有叔向的故事，还有那赵氏从赵盾到赵武的大故事。在《左传》结集的时候，那个赵氏史话里还没有程婴公孙杵臼的成分，然而已很够热闹了。后来《史记·赵世家》里采取了那后起的程婴、公孙杵臼大故事，于是那个后起的史话也就成了正"史"的一部分了。

我们必须明白在孔子时代各国都有那些很流行，很动人的"文胜质"的"史话"，方才可以明白孔子说的"吾犹及史之阙文也，……今亡矣夫"一句话。"阙文"的史，就是那干燥无味的太史记录。例如，"夏五月，郑伯克段于鄢"一类的史文，绝没有文采的藻饰，也没有添枝添叶的细腻情节。

《仪礼》八，《聘礼》有这一段：

> 辞无常，孙而说。辞多则史，少则不达。辞苟足以达，义之至也。（郑玄注，"史谓策祝"。）

这里的"辞多则史"，与论语"文胜质则史"，都是指古代民间流行的"史的平话"，是演义式的"史"。

这种"史的故事"，或"史的平话"，起源很古，古到一切民族的原始时代。商民族的史诗：

> 天命玄鸟，降而生商。

那是商民族的史的故事。周民族的史诗，说的更有声有色了：

> 厥初生民，时维姜嫄。
>
> 生民如何？
>
> 克禋克祀，以弗无子，
>
> 履帝武敏歆，攸介攸止。
>
> 载震载夙，载生载育，——
>
> 时维后稷。
>
>
> 诞（诞有"当时"之意）弥厥月，
>
> 先生如达。（达是小羊）
>
> 不坼不副，无菑无害。
>
>
> 诞置之隘巷，牛羊腓字之。
>
> 诞置之平林，会伐平林。
>
> 诞置之寒冰，鸟履翼之。
>
> 鸟乃去矣，后稷呱矣。

这是人类老祖宗爱讲爱听的"故事"，也就是"史"。这首生民诗里已有很多的藻饰，已是"文胜质"的"史"了。

古代的传说里常提到"瞽，史"两种职业人。《国语》的《周语》里，召公有"瞽献典、史献书"的话，又说："瞽史教诲，耆艾修之，而后王斟酌焉。"《周语》里，单襄公说："吾非瞽史，焉知天道？"很可能的是古代说故事的"史"，编唱"史诗"的"史"，也同后世说平话讲史的"负瞽盲翁"一样，往往是瞎子。他们当然不会做历史考据，只靠口授耳传，只靠记性与想象力，会编唱，会演说，他们编演的故事就是

"史"，他们的职业也叫做"史"。

春秋时代以至战国时代各国的许多大规模的"史"的故事，就是这样编造出来的，就是这些"瞽史"编唱出来的。其中至少有一部分，经过《国语》《左传》《战国策》《史记》诸书的收采，居然成了历史了（我们不要忘了古代还有"左丘失明，厥有《国语》"的传说）。中间虽然出了几个有批评眼光，有怀疑态度的大思想家，如孔子要人"多闻阙疑，慎言其余"，如孟子说"尽信书则不如无书，吾于武成取二三策而已矣"——然而孔子自己说的尧舜，说的泰伯，也还不是传说里的故事吗？孟子自己大谈其舜的故事，象的故事，禹的故事，也还不是同"齐东野人之语"一样的"史"吗？

总之，古代流传的"史"，都是讲故事的瞽史编演出来的故事。东方西方都是这样。希腊文historia，拉丁文historia，也是故事，也是历史。古法文的estoire，英文的story与history，都是出于一个来源的。

中国历史的一个看法

历史可有种种的看法，有唯心的，唯物的，唯人的，唯英雄的，……各种看法，我现在对于中国历史的看法，是从文学方法的，文学的名词方面的，是要把它当作英雄传，英雄诗，英雄歌，一幕英雄剧，而且是一幕英雄悲剧来看。

民族主义是爱国的思想，英国有名的先哲曾说过："一个国家要觉得它可爱时，是要看这个国家在历史上是否有可爱之点。"中国立国五千年，时时有西北的蛮族——匈奴、鲜卑……不断的侵入，可说是无时能够自主的，鸦片战争又经过百年，而更有最近空前的危急，在此不断的不光荣的失败历史中，有无光荣之点，它的失败是否可以原谅，在此失败当中，是否可得一教训。

这一出五千年的英雄悲剧，我们看见我们的老祖宗继续和环境奋斗，经过了种种失败与成功，在此连台戏中，有时叫我们高兴，有时叫我们着急，有时叫我们伤心叹气，有时叫我们掉泪悲泣，有时又叫我们看见一线光明，一线希望，一点安慰，有时又失败了，有时又小成功了，有时竟大失败了，这戏中的主人翁，是一位老英雄——中华——他的一生是长期的奋斗，吃尽了种种辛苦，经了种种磨难，好像姜子牙的三十六路伐西岐，刚刚平了一路，又来了一路，又好像唐三藏西天取经，经过了八十一大难，刚脱离了一难，又遭一难似的，这样继续不断奋斗，所以是一篇英雄剧，磨难太多，失败太惨，所以是一篇悲剧。

本来在中国的文字中——戏剧中、小说中，悲剧作品很少，即如《红楼梦》一书，原是一个悲剧，而好事者偏要作些圆梦、续梦、复梦等出来，硬要将林黛玉从棺材里拿起来和贾宝玉团圆，而认为以前的不满意，这真不知何故，或者他们觉得人类生活本来是悲剧的，历史是悲剧的，因此却在理想的文学中，故意来作一段团圆的喜剧。

在这老英雄悲剧中，我们把他分作几个剧目，先说到剧中的主人，主人是姓中名华——老中华，已如上述，舞台是"中国"，是一座破碎的舞台，——穷中国，老天给我们祖宗的，实在不是地大物博，而是一块很穷的地方，金银矿是没有的，除东北黑龙江和西南的云贵一部分外，都是要用丝茶到外国去换的，煤铁古代是不需要的，土地虽称广阔，然可耕之地不过百分之二十，而丝毫无用的地却有三分之一，所以我们的祖宗生下来，就是在困难中。

这剧的开始，要算商周，以前的不讲，据安阳发掘出来的成绩，商代民族活动区域，只有河南、山东、安徽的北部，河北、山西南部的一块，也许到辽宁一部，他们在此建设文化时，北狄、南蛮不断的混入，民族成了复杂的民族，在此环境之下，他们居然能唱一出大剧，这是一件很了不得的事情。我们现在撇开了"跳加官"一类开台戏，专看后面的几幕大戏。

第一幕 老英雄建立大帝国

中国有历史的时期自商周始，驰（疆）域限于鲁豫，已如上述，在商代社会中迷信很发达，什么事情都问鬼，都要卜，如打猎、战争、祭祀、出门……事无大小，都要把龟甲或牛骨烧灰，看他的龟纹以定吉凶，在此结果，而发明了龟甲、牛骨原始象形的文字，这文字是很笨的图画，全不能表达抽象的意思，只能勉强记几个物事名词而已，在这正在建设文化的时候，西方的蛮族——周，侵犯过来了，他具强悍的天性，有农业的发明，不久把那很爱喝酒的、敬鬼的、文化较高的殷民族征服了，这一来，上面的——政治方面是属于周民族，下面的就是属于殷民族，二民族不断的奋斗：在上面的周民族很难征服下面的殷民族，孔子虽是殷人（宋国），至此很想建设一个现代文化，故曰"吾从周"，而周时，也有人见到两文化接触，致有民族之冲突，所以东方（淮水流域）派了周公去治理，南方（汉水流域）派了召公去治理，封建的基础，即于此时建设，但是北狄、南蛮在此政治之下经了长期的斗争，才将他们无数的小国家征服，把他们的文化同化，以后才成七个大国家，不久遂成一个大帝国。

至于文字方面，也是从龟甲上的，牛骨上的，不达意的文字，经过充分的奋斗，而变为后代的文字，文学方面、哲学方面、历史方面，都得着可以达意的记载，这是一件很不容易的事情。

在周朝的时候，许多南蛮要想侵到北方来，北边的犬戎也要侵到南部去，酝酿几百年，犬戎居然占据了周地，再经几百年，南方也成了舞台的部分。

此时的建设期中，产生了一个"儒"的阶级，儒本是亡国的俘虏——遗老。他本是贵族阶级，是文化的保存者，亡国以后，他只得和人家打打官司，写写字，看看地，记记账，靠这类小本领混碗饭吃而已（根据《荀子》的《非十二子》篇），这班人——"儒"一出来，世界为之大变。因为他们是不抵抗者、是懦夫。我们从字义看，凡是和儒字同旁的字眼，都是弱的意思，如需（耎）字加车旁是软弱的輭（软）字，加心旁是懦字，加子旁是孺字，是小孩子。他们是唱文戏的，但是力量很大，因为他们是文化传播者，是思想界，老子后世称他为道家，但他正是"儒"的阶级中之代表，他的哲学是儒的哲学，他的书中常把水打譬喻，因为水是最柔弱的，最不抵抗的，这就是儒的本身。他们一出，凡是唱武戏的，至此跟着唱起文戏来了。幸而在此当中，出来一个新派，这就是孔子，他的确不能谓之儒者，就是儒者也是"外江"派，他的主张是"杀身成仁"。

他说："志士仁人，有杀身以成仁，无求生以害仁"，又说："士不可以不弘毅，任重而道远。仁以为己任，死而后已"。这完全和老子相反。老子是信天的，主自然的，而新派孔子，是讲要作人的，且要智仁勇三者都发达，他是奋斗的，"知其不可而为之"，这就是他的精神。新派唱的虽也是文戏，但他们以"有教无类"打破一切阶段，所以后来产生孟子、荀子，弟子李斯、韩非。韩非虽然在政治上失败，而李斯却成了大功，造成了一个大帝国。（第一幕完）

第二幕 老英雄受困两魔王

不久汉朝兴起来了，一班杀猪的，屠狗的，当衙役的……起来建设了一个四百年的帝国，他们可说得上是有为者，如果没有他们的奋斗，则决不会有这四百年的帝国，但是基础究未稳固，而两个魔王就告来临！

第一个魔王——野蛮民族侵入。在汉朝崩溃的时候，夷狄——羌、匈奴、鲜卑都起来，将中国北部完全占领（300年至600年），造成江左偏安之局。

第二个魔王——印度文化输入。前一个魔王来临，使我们的生活野蛮化，后一个魔王来临，就是使我们宗教非人化。这印度文化侵略过来，在北面是自中央亚细亚而进，在南方是由海道而入，两路夹攻，整个的将中国文化征服。

原来中国儒家的学说是要宗亲——"孝"，要不亏其体，因为"身体发肤，受之父母，不敢毁伤"，将个人看得很重，而印度文化一来呢？他是"一切皆空"，根本不要作人，要作和尚，作罗汉——要"跳出三界"，将身体作牺牲！如烧手、烧臂、烧全身——人蜡烛，以献贡于药王师，这风气当时轰动了全国，自王公以至于庶人，同时迎佛骨——假造的骨头，也照样的轰动，这简直是将中国的文化完全野蛮化！非人化！（第二幕完）

第三幕　老英雄死里逃生

这三百年中——隋唐时代是很艰难的奋斗，先把北方的野蛮民族来同化他，恢复了人的生活，在思想方面，将从前的智识，解放出来，在文学方面，充满了人间的乐趣，人的可爱，肉的可爱，极主张享乐主义，这于杜甫和白居易的诗中都可以看得出，故这次的文化可说是人的文化。再在宗教方面，发生了革命，出来了一个"禅"！禅就是站在佛的立场上以打倒佛的，主张无法无佛，"佛法在我"，而打倒一切的宗教障、仪式障、文字障，这都成功了。所以建设第二次帝国，建设人的文化和宗教革命，是老英雄死里逃生中三件大事实。（第三幕完）

第四幕　老英雄裹创奋斗

老英雄正在建设第三次文化的时候，北方的契丹、女真、金、元继续的侵过来了，这时老英雄已经是受了伤，——精神上受了伤，受了千年的佛化，所以此时是裹创奋斗，然而竟也建立第三次大帝国——宋帝国，全国虽是已告统一，但身体究未复元，而仍然继续人的文化，推翻非人的文化（这段历史自汉至明，中国和欧洲人相同，宗教革命也是一样），范文正公的"先天下之忧而忧，后天下之乐而乐"，和王荆公的变法，正与前"任重而道远"的学说相符合。

在唐代以前，北魏曾经辟过佛，反对过外国的文化，禁止胡服胡语即其例，但未见成功。而在唐代辟佛的，如韩愈，他曾说过："人其人，火其书，庐其居"，三个大标语，这风气虽也行过几十年，但不久又恢复原状，然在这一次，却用了一种软工夫来抵制这非人的文化，本来是要以"人的政治""人的法律""人的财政"来抗住它的，但还怕药性过猛，病人受纳不起，所以司马光、二程等，主张无为，创设"新的哲学""新的人生观"，在破书堆中找到一本一千七百几十个字的《大学》来打倒十二部大佛经，将此书中的"格物""致知""正心""诚意""修身""齐家""治国""平天下"这一套，来创造新的人的教育，新的哲学，新的人生观，这实在是老英雄裹创奋斗中的一个壮举。但到了蒙古一兴起，老英雄已筋疲力竭，实在不能抵抗了！（第四幕完）

第五幕　老英雄病中困斗

这位老英雄到明朝已经是由受创而得病了，他的病状呢？一是缠足，我们晓得在唐朝被称的小脚是六寸，到这时是三寸了，实在是可惊人！二是八股文章，三是鸦片由印度输入。这三种东西，使老英雄内外都得病症。

再有一宗，就是从前王荆公的秘诀已被人摒弃了，本来他的秘诀一是"有为"，一是"向外"，但一班的习静者，他们要将喜怒哀乐等，于静坐中思之，结果是无为，是无生气，而不能不使这老英雄在病中困斗。

清代的天下居然有二百余年，这实是程朱学说——君臣观念所致，因为此时的民族观念抵不住君臣的名分观念。不过老英雄在此当中，而仍有其成绩在，就是东北和西南的开辟，推广他的老文化。湖南在几十年前，在政治上占有极大势力，广东、广西于此时有学术上的大贡献，这都是老英雄在病中的功绩。他虽然在政治上失地位，然而在学术上却发生一种"实事求是"的精神——科学的精神，而成就了一种所谓的"汉学"，这种新的学术，是不主静而主动的，它的哲学是排除思想而求考据，考据一学发生，金石、历史、音韵，各方面都发达。顾亭林以一百六十二个证据，来证明"服"字读"逼"字音，这实在具有科学之精神，不过在建设这"人的学术"当中，老英雄已经是老了，病了！

尾声

这老英雄的悲剧，一直到现在，仍是在奋斗中，他是从奋斗中滚爬出来，建设了人的文化，同化了许多蛮族，平了许多外患，同化了非人的文化，从一千余年奋斗到如今，实在是不易呀！这种的失败，可说是光荣的失败！在欧洲曾经和我们一样，欧洲过去的光荣，我们都具备着，但是欧洲毕竟是成功，这种原因，我认为我们是比他少了两样东西，就是少了一个大的和附带一个小的，大的是科学，小的是工业。我们素来是缺乏科学，文治教育看得太重，我们现在把孔子和其同时的亚里士多德、柏拉图来比一比，柏拉图是懂得数学的，"不懂数学的不要到他门下来"，亚里士多德同时是研究植物的，孔子较之，却未必然吧？与孟子同时的欧几里德，他的几何至今沿用，孟子未尝能如此吧？在清代讲汉学的时候，虽说是有科学的精神，却非加利莱（今译伽利略）用望远镜看天文，用显微镜看微菌，以及牛顿发明地心吸力可比。所以中西的不同，不自今日始，我们既明白了这个教训，比欧洲所缺乏的是什么？我们知道了，我们的努力就有了目标，我们这老英雄是奋斗的，希望我们以后给他一种奋斗的工具，那末，或者这出悲壮的英雄悲剧，能够成为一纯粹的英雄剧。

曹操创立的"校事"制

曹操创立"校事"之官，最近于后世所谓"特务政治侦探"。故略考其制度。

鱼豢《魏略》云：

抚军都尉，秩比二千石。本校事官。始太祖欲广耳目，使卢洪赵达二人主刺举，多所陷入。故于时军中为之语曰：

不畏曹公，但畏卢洪。

卢洪尚可，赵达杀我。

后达竟为人迫死。（《御览》二四一引《魏略》）

《魏志》（十四）《高柔传》云：

（柔）复还为法曹掾。时置校事卢洪赵达等，使察群下。

柔谏曰："设官分职，各有所司。今置'校事'，既非居上信下之旨，又达等数以憎爱擅作威福，宜检治之。"

太祖曰，"卿知达等恐不如吾也。要能刺举而办众事。使贤人君子为之，则不能也。昔叔孙通用群盗，良有以也。"

达等后奸利发，太祖杀之，以谢于柔。

但"校事"的制度还是继续存在的。《高柔传》又说：

文帝践阼，以柔为治书侍御史，赐爵关内侯，转加治书执法。……

　　校事刘慈等，自黄初初（220—222年）数年之间，举吏民奸罪以万数。柔皆请惩（征？）虚实。其余小小挂法者，不过罚金。

同传又说：

　　明帝即位（227年）。……时猎法甚峻。宜阳典农刘龟窃于禁内射兔，其功曹张京诣校事言之。帝匿京名，收龟付狱。柔表请告者名。帝大怒曰："……吾岂妄收龟耶？"柔曰："廷尉，天下之平也。安得以至尊喜怒而毁法乎？"重复为奏。……帝意寤，乃下京名。即还讯，各当其罪。

鱼豢《魏略》也说：

　　沐并，……丞相召署军谋掾。黄初中，为成皋令。校事刘肇出过县，遣人呼县吏，求索藁谷。是时蝗旱，官无有见；未办之间，肇人从入并之阁下，呴呼骂吏。并怒，因蹦履提刀而出，多从吏。并欲收肇。肇觉知驱走，具以状闻。有诏："肇为牧司爪牙吏，而并欲收缚，无所忌惮。自恃清名邪？"遂收，欲杀之。（《魏志》二十三注引）

　　以上各条，可见文帝明帝时"校事"官的存在，又可见他们的威风可怕。

　　校事官直到曹氏的大势已崩溃的时候，直到司马懿杀了曹爽一班大臣之后，才因程晓的奏疏，决定废除。《程晓（程昱的孙子）传》中说：

　　晓，嘉平中（249—253年）为黄门侍郎。时校事放横。晓上疏曰："……远览前志，近观秦汉，虽官名改易，职司不同，至于崇上抑下，显明分例，其致一也。初无校事之官干与庶政者也。昔武皇帝大业草创，众官未备，而军旅勤苦，民心不安，乃有小罪，不可不察，故置'校事'，取其一切耳。然检御有方，不至纵恣也。此霸世之权宜，非帝王之正典。其后渐蒙见任，复为疾病，转相因仍，莫正其本，遂令上察宗庙，下摄众司，官无局业，职无分限，随意任情，唯心所适。法造于笔端，不依科诏；狱成于门下，不顾覆讯。其选官属，以谨慎为粗疏，以谄词为贤能。其治事，以刻暴为公严，以循理为怯弱。外则托天威以为声势，内则聚群奸以为腹心。大臣耻与分势，含忍而不言；小人畏其锋芒，郁结而无告。至使尹摸。（此事不见《魏志》。参看《晋书·何曾传》。摸《晋书》作模。）公于目下肆其奸慝。罪恶之著，行路皆知。纤恶之过，积年不闻。……今外有公卿将校总统诸署，内有侍中尚书综理万机，司隶校尉督察京辇，御史中丞董摄宫殿：皆高选贤才，以充其职；申明科诏，以督其违。若此诸贤尤不足任，校事小吏益不足信。若此诸贤各思尽忠，校事区区亦复无益。若更高选国士，以为校事，则是中丞司隶重增一官耳。若如旧选，尹摸之奸今复发矣，进退推算，无所用之。……若使政治得失必感天地，臣恐水旱之灾未必非校事之由也。曹共公远君子，近小人，国风托以为刺。卫献公舍大臣，与小臣谋，定姜谓之有罪。纵令校事有益，以礼义言之，尚伤大臣之心。况奸回暴露而复不罢，是衮阙不补，迷而不返也。"

于是遂罢校事官。（《魏志》十四，《程昱附传》）

总计"校事"官的存在约有五十年的历史。曹操曹丕用这制度来侦察反动，剪除异己。但后来校事官虽然仍旧存在，仍旧"放横"，然而司马氏早已抓住大权了，早已得着人心了，曹氏的帝室大权早已倾移了。校事官废除之后，不过十年魏朝就完全倒了。

《资治通鉴》于吴国校事吕壹一案，记载颇详细（卷七十四）。但《通鉴》不提及魏国的校事制。

曹魏外官的"任子"制

　　曹操、曹丕用欺诈建国，用"校事"官来侦察吏民，用"任子"制来牵制外郡疆吏。这种政制的中心是一种猜疑的态度。曹操虽多猜忌，还有时故意做出大度的行为。曹丕的气度更狭窄，他对他自己的弟兄都绝不信任，用种种刻薄的手段来制裁监视他们。所以他对外人，更多猜忌，更用监视牵制的手段。"校事"之制，在黄初初年"举吏民奸罪以万数"（见《高柔传》），其监察侦探之严刻可想。

　　此外，又有重要州郡外官必须留儿子在京师，作为押质，名为"任子"。汉朝所谓"任子"，是二千石以上官的一种权利，"吏二千石以上视事满三年者，得任同产若子一人为郎"。《汉书》颜师古注云，"任者，保也"。保是保举。曹魏的"任子"是外官送儿子去作押品，这"任"字是一种责任，一种担负。读史者不明曹魏"任子"的特殊意义，故不注意这制度的残酷性质。《魏志》说此制最明白的是《王观传》（卷二十四）：

　　　　文帝践阼，（观）……出为南阳，涿郡太守。……明帝即位。下诏书使郡县条为"剧"，"中平"。主者欲言郡为"中平"。观教曰："此郡（涿郡）滨近外虏，数有寇害，云何不为'剧'郡？"主者曰，"若郡为'外剧'，恐于明府有任子。"

观曰，"夫君者，所以为民也。今郡在'外剧'，则于役条当有
降差。岂可为太守之私而负一郡之民乎？"遂言为"外剧"郡。
后送"任子"诣邺。时观但有一子，而又幼弱。其公心如此。

试看《魏志》第二十八卷里造反的诸大将，无不有任子在邺都或洛
阳的，王凌要起兵，先遣舍人到洛阳通告他的儿子王广。毋丘俭要起
兵，先通知在京师的儿子毋丘甸，甸带了家属私逃到新安灵山上，后来
也被捉来杀了。邓艾死时，"余子在洛阳者悉诛"。最可注意的是钟会。
钟会没有儿子，他养"兄子毅"为子，留在京师为任子，后来也被杀了。
《会传》云：

初文王（司马昭）欲遣会伐蜀，西曹属邵悌求见，曰："今
遣钟会率十余万众伐蜀。愚谓会单身无重任，不若使余人行。"

文王笑曰："我宁当复不知此邪？……灭蜀之后，……若
作恶，只自灭族耳。卿不须忧。此慎莫使人闻也。"

钟会"单身无重任"，就是说他没有亲生的儿子，没有重要的担保物。若
不明"任子"之制，此语就不可懂了。

孙吴的"校事"制

我曾指出曹魏的"校事"是一种特别政治侦探机关。此制创于曹操。孙权在江南也曾效行，后来废止了；到孙皓时代，又恢复"校事"制。《吴志》里有许多关于"校事"制的材料，我钞在这里。

《陆凯传》（《吴志》十六）有陆凯谏孙皓二十事，其第十八事云：

> 夫校事吏，民之仇也。先帝末年虽有吕壹钱钦，寻皆诛夷，以谢百姓。今复张立校曹，纵吏言事。是不遵先帝，十八也。

孙皓时代的"校事"制，《吴》书记载不详，仅有此条明说孙皓恢复孙权的校事制，又明说"校事吏，民之仇也"。故先列此条为孙吴"校事"制的总纲。此条说孙权时代的"校事"有吕壹钱钦两人。钱钦事似无可考。《吴志》记"校事"各条，都是吕壹的事。《顾雍传》又提及秦博，也无可考。

《孙权传》（《吴志》二）于赤乌元年（238年）记着：

> 初权信任"校事"吕壹。壹性苛惨，用法深刻。太子登数谏，权不纳。大臣由是莫敢言。后壹奸罪发露，伏诛。权引咎责躬，乃使中书郎袁礼告谢诸大将，因问时事所当损益。礼还，复有诏责数诸葛瑾，步骘，朱然，吕岱等，曰：
>
> > 袁礼还，云与子瑜（瑾）子山（骘）义封（然）定公相

见，并以时事当有所先后，各自以不掌民事，不肯便有所陈，悉推之伯言（陆逊）承明（潘浚）。伯言承明见礼，泣涕恳恻，辞旨辛苦，至乃怀执危怖，有不自安之心。闻此怅然，深自刻怪。何者？夫惟圣人能无过行，明者能自见耳。人之举厝，何能悉中？独当己有以伤拒众意，忽不自觉，故诸君有嫌难耳。不尔，何缘乃至于此乎？自孤兴军五十年，所赋役，凡百皆出于民。天下未定，孽类犹存；士民勤苦，诚所贯知。然劳百姓不得已耳。与诸君从事，自少至长，发有二色，以谓表里足以明露，公私分计足用相保，尽言直谏，所望诸君。拾遗补阙，孤亦望之。……诸君与孤从事，虽君臣义存，犹谓骨肉不复是过。荣福喜戚相与共之。忠不匿情，智无遗计。事统是非，诸君岂得从容而已哉？同船济水，将谁与易？齐桓，诸侯之霸者耳，有善，管子未尝不叹；有过，未尝不谏。谏而不得，终谏不止。今孤自省无桓公之德，而诸君谏诤未出于口，仍执嫌难。以此言之，孤于齐桓良优，未知诸君于管子何如耳！

久不相见，因事当笑，共定大业，整齐天下，当复有谁？

凡百事要，所当损益，乐闻异计，匪所不逮。

此段文字可以使我们想像当日"吕壹事件"的严重。吕壹已死，孙权派袁礼去访问各大将，征求他们的意见，而各大将还不敢说话，都向兼掌民事的两位大臣（陆逊、潘浚）身上推托。孙权自己也感觉这情形的可虑，所以写这道恳切悔过的手诏给各大将。孙权肯这样自责，究竟不失为一个豪杰。

孙权手诏自责一件事，陆逊、潘浚、诸葛瑾三人传中都提及，也可见其重要性。今杂采各传所记"校事"吕壹的事迹，记在这里：

吕壹的本官是中书，"校事"是他的兼职。中书是君主的秘书。东汉自光武以后不设丞相，三公的地位虽高，而实权在尚书。曹操作丞相魏公魏王时，置秘书令丞，典尚书奏事，就把汉廷的尚书的实权拿过来，放在丞相之下了。曹丕做了皇帝，改秘书为中书，以刘放为中书监，孙资为中书令。从此以后，中书遂成了要官。孙权虽有丞相，政权也在中书，这也是模仿魏制的一点。中书是君主的秘书省，当然对外面的将相有疑忌的态度。"校事"之制，是采取曹魏的"校事"官，而附属在中书。故《顾雍传》（《吴志》七）说：

> 吕壹秦博为中书，典校诸官府及州部文书。

《步骘传》（《志》七）也说：

> 中书吕壹典校文书，多所纠举。

《陆逊传》（《志》十三）也说：

> 中书典校吕壹窃弄权柄，擅作威福。

《是仪传》（《志》十七）称

> 典校郎吕壹。

但"校事"本是钞袭魏国的旧制，故吴人也往往省称此官为"校事"。故《孙权传》与《陆凯传》都称"校事"，《潘浚传》（《志》十六）也称：

> 校事吕壹操弄权柄。

总合以上各传看来，这个官的全名大概叫做"中书典校郎"，或称"典校诸官府及州部文书事"。省称为"校事"。

《诸葛恪传》（《志》十九）说：

> 孙权死后（252年），太子亮即位，恪更拜太傅。于是罢视
> 听，息校官，原逋责，除关税，事崇恩泽，众莫不悦。

"校官"即是典校事的官。"视听"即是"校事"的工作，即是现代话的"侦探"。《资治通鉴》卷七十五记此事，"罢视听，息校官"下，胡三省注云：

> 吴主权置校官，典校诸官府及州郡文书，专任以为耳目。
>
> 今"息校官"，即所谓"罢视听"也。

胡注是不错的。

《顾雍传》说：

> 雍代孙邵为丞相。……久之，吕壹秦博为中书，典校诸官府及州部文书。壹等因此渐作威福，遂造作榷酤障管之利，举罪纠奸，纤介必闻。重以深案丑诋，毁短大臣，排陷无辜。雍等皆见举白，用被谴让。

《潘浚传》（《志》十六）说：

> 时校事吕壹操弄威柄，奏按丞相顾雍，左将军朱据等，皆见禁止。

朱据"尚公主"，是孙权的女婿。吕壹可以攀倒顾雍朱据，可见他的威风真是无比的了。

顾雍一案的下落，详见《潘浚传》：

> 黄门侍郎谢厷语次问壹："顾公事何如？"壹答："不能佳。"厷又问："若此公免退，谁当代之？"壹未答厷，厷曰："得无潘太常得之乎？"（吴制，丞相之下即为太常。顾雍亦是由太常为丞相。）壹良久曰："君语近之也。"厷谓曰："潘太常常切齿于君，但道远无因耳（浚驻武昌）。今日代顾公，恐明日便击君矣。"壹大惧，遂解散雍事。

顾雍是文官作丞相，所以吕壹不怕他。潘浚有兵权，所以吕壹不愿意他来作丞相。浚传又说：

> 浚求朝，诣建业，欲尽辞极谏，至，闻太子登已数言之，而不见从。浚乃大请百寮，欲因会手刃杀壹，以身当之，为国除患。壹密闻知，称疾不行。浚乃进见，无不陈壹之奸也。由此壹宠渐衰，后遂诛戮。权引咎责躬，因诮让大臣，语在权传。

《陆逊传》（《志》十三）说：

> 时中书典校吕壹窃弄权柄，擅作威福。逊与太常潘浚同心忧之，言至流涕。后权诛壹，深以自责，语在权传。

这两个握兵权的大将都无法对付吕壹，只能"言至流涕"！

《是仪传》（《志》十七）记刁嘉一案：

典校郎吕壹诬白故江夏太守刁嘉谤讪国政。权怒，收嘉系狱，悉验问时同坐人。皆怖畏壹，并言闻之。仪独云无闻。于是见穷结累日，诏旨转厉，群臣为之屏息。仪对曰，"今刀锯已在臣颈，臣何敢为嘉隐讳，自取夷灭？……顾以闻知当有本末，据实答问。"辞不倾移。权遂舍之，嘉亦得免。

"谤讪国政"正是特别政治侦探的主要目标。

《是仪传》又说：

吕壹白将相大臣，或一人以罪闻者数四，独无以白仪。

这可见"校事"的工作是报告将相大臣的罪过。

《步骘传》（《志》七）说：

中书吕壹典校文书，多所纠举。骘（时为骠骑将军，都督西陵）上疏曰："伏闻诸典校摘抉细微，吹毛求瑕，重案深诬，趋欲陷人，以成威福。无罪无辜，横受大刑。使民蹐天蹐地，谁不哉慄？……"又曰："天子父天母地，故宫室百官动法列宿。若施政令钦顺时节，官得其人，则阴阳和平，七曜循度。至于今日，官寮多阙，虽有大臣，复不信任。如此，天地焉得无变？故频年枯旱，亢阳之应也。又嘉禾五年（236年）五月十四日，赤乌二年（239年）正月一日及二十七日，地皆震动。地，阴类，臣之象。阴气盛，故动，臣下专政之故也。夫天地见异，所以警悟人主，可不深思其意哉？"

又曰："丞相顾雍，上大将军陆逊，太常潘濬，忧深责重，志在竭诚，夙夜兢兢，寝食不宁，念欲安国利民，建长久之计。……宜各委任，不使他官监其所司，责其成效，课其负殿。此二臣者，思虑不到则已，岂敢专擅威福欺负所天乎？"又曰："县赏以显善，设刑以威奸，任贤而使能：审明于法术，则何功而不成？何事而不办？何听而不闻？何视而不睹哉？若今郡守百里皆各得其人，共相经纬，如是，庶政岂不康哉？窃闻诸县，并

　　有备吏，吏多民烦，俗以之弊。但小人因缘衔命，不务奉公，而

　　作威福，无益视听，更为民害。愚以为可一切罢去。"权亦觉

　　悟，遂诛吕壹。

步骘的奏疏使我们知道"校事"之制起于不信任将相大臣，所以要派"他官监其所司，责其成效，课其负殿"。内则丞相顾雍，外则陆逊潘浚，都受这种监视。此疏又可使我们知道"校事"的专员分布在各郡县，故说"诸县并有备吏，……无益视听，更为民害"。"视听"就是"包打听"。

　　《孙权传》记吕壹被诛杀及孙权的责己手诏，都在赤乌元年（238年），故《资治通鉴》（卷七十四）记此两事也系在此年（即魏景初二年）但步骘疏中提到赤乌二年正月的两次地震，可见吕壹之死决不在赤乌元年，至早要移在赤乌二年正月以后。孙权诏中有"自孤兴军五十年"的话，孙权生于汉灵帝光和五年（182年）孙坚起兵讨董卓，那时孙权只九岁（190年）。孙策平定江东时，他十五岁（196年），作阳羡长；后来作奉义都尉，从孙策征刘勋，征黄祖，那时他十八岁（199年）。次年，孙策死了，他接他的事，那时他十九岁（200年）。就从他十五岁（196年）计算起，到赤乌二年（239年），也只有四十三年。（那时他五十八岁）。大概他从他父亲孙坚起兵时算起，才有"五十年"的约数。责己诏中提及潘浚，浚死在赤乌二年。故孙权杀吕壹，下诏自责，都在赤乌二年的下半。《孙权传》与《资治通鉴》都错了一年。

　　吕壹的倒败被杀，是由于朱据一案。《朱据传》（《志》十二）说：

　　黄龙元年（229年）权迁都建业，征据尚公主，拜左将军，

　　封云阳侯。……嘉禾中，始铸大钱，一当五百。后据部曲应受

　　三万缗。工王遂诈而受之。典校吕壹疑据实取，考问主者，死于

　　杖下。据哀其无辜，具棺敛之。壹又表据吏为据隐，故厚其殡。

　　权数责问据，据无以自明，藉草待罪。数月，典军吏刘助觉言

　　王遂所取。权大感寤，曰，"朱据（他的女婿）见枉，况吏民

157

乎？"乃穷治壹罪。赏助百万。

《顾雍传》记吕壹的下场情形如下：

> 后壹奸罪发露，收系廷尉。雍往断狱，壹以囚见。雍和颜色，问其辞状。临出。又谓壹曰："君意得无欲有所道？"壹叩头无言。

> 时尚书郎怀叙面詈辱壹。雍责叙曰："官有正法，何至于此？"（顾雍死在赤乌六年十一月。）

《阚泽传》（《志》八）说：

> 初以吕壹奸罪发闻，有司穷治，奏以大辟。或以为宜加焚裂，用彰元恶。权以访泽，泽曰："盛明之世不宜复有此刑。"权从之。

吕壹死在赤乌二年（239年）。此后十多年中，"校事"制还继续存在。直到孙权死后（252年），诸葛恪当政，才"罢视听，息校官"。废止十二年之后，孙皓即位（264年），又恢复"校事"制。

狸猫换太子故事的演变

　　宋仁宗生母李宸妃的故事，在当日是一件大案，在后世遂成为一大传说，元人演为杂剧，明人演为小说，至《三侠五义》而这个故事变的更完备了；狸猫换太子在前清已成了通行的戏剧（包括断后，审郭槐等出），到近年竟演成了连台几十本的长剧了。这个故事的演变也颇有研究的价值。

　　《宋史》卷二四二云：

　　　李宸妃，杭州人也。……初入宫，为章献太后（刘后）侍儿。庄重寡言，真宗以为司寝。既有娠，从帝临砌台，玉钗坠，妃恶之。帝心卜："钗完，当为男子。"左右取以进，钗果不毁。帝甚喜。已而生仁宗。……仁宗即位，为顺容，从守永定陵。……

　　　初仁宗在襁褓，章献（刘后）以为己子，使杨淑妃保视之。仁宗即位，妃嘿处先朝嫔御中，未尝自异。人畏太后，亦无敢言者。终太后世，仁宗不自知为妃所出也。

　　　明道元年，疾革，进位宸妃。薨，年四十六。初章献太后欲以宫人礼治丧于外。丞相吕夷简奏礼宜从厚。太后遽引帝起。有顷，独坐帘下，召夷简问曰，"一宫人死，相公云云，何欤？"夷简曰，"臣待罪宰相，事无内外，无不当预。"太后怒曰，"相公欲离间吾母子耶？"夷简从容对曰，"陛下不以刘氏为念，臣不敢言。尚念刘氏，则丧礼宜从厚"。太后悟，遽曰，"宫人，李宸妃也。且奈何？"夷简乃请治丧用一品礼，殡洪福院。夷简又谓入内都知罗崇勋曰，"宸妃当以后服殓，用水银实棺。异时勿谓夷简未尝道及。"崇勋如其言。

后章献太后崩，燕王为仁宗言，"陛下乃李宸妃所生，妃死以非命。"仁宗号恸，顿毁，不视朝累日，下哀痛之诏自责，尊宸妃为皇太后，谥庄懿（后改章懿）。幸洪福寺祭告，易梓宫，亲哭视之，妃玉色如生，冠服如皇太后；以水银养之，故不坏。仁宗叹曰，"人言其可信哉？"遇刘氏加厚。

这传里记李宸妃一案，可算是很直率的了。章献刘后乃是宋史上一个很有才干的妇人；真宗晚年，她已预闻政事了；真宗死后，仁宗幼弱，刘氏临朝专政，前后当国至十一年之久。李宸妃本是她的侍儿，如何敢和她抵抗？所以宸妃终身不敢认仁宗是她生的，别人也不敢替她说话。宸妃死于明道元年，刘后死于明道二年。刘后死后，方有人说明此事。当时有人疑宸妃死于非命，但开棺验看已可证宸妃不曾遭谋害；况且刘后如要谋害她，何必等到仁宗即位十年之后？但当时仁宗下哀痛之诏自责，又开棺改葬，追谥陪葬，这些大举动都可以引起全国的注意，唤起全国的同情，于是种种传说也就纷纷发生，历八九百年而不衰。

宋人王铚作《默记》，也曾记此事，可与《宋史》所记相参证：

章懿李太后生昭陵（仁宗），而终章献之世，不知章懿为母也。章懿卒，先殡奉天寺。昭陵以章献之崩，号泣过度。章惠太后（即杨淑妃）劝帝曰，"此非帝母；帝自有母宸妃李氏，已卒，在奉先寺殡之"。仁宗即以犊车亟走奉先寺，撤殡观之。在一大井上，四铁索维之。既启棺，而形容如生，略不坏也。时已遣兵围章献之第矣；既启棺，知非鸩死，乃罢遣之。（涵芬楼本，上，页七）

王铚生当哲宗徽宗时，见闻较确；他的记载很可代表当时的传说。然而他的记载已有几点与《宋史》不同：

（1）宸妃死后，殡于洪福院；《默记》作奉先寺（《仁宗本纪》作法福院）。

（2）宋史记告仁宗者为燕王，而《默记》说是杨淑妃。

（3）《默记》记仁宗"即以犊车亟走奉先寺"，这种具体的写法便已是民间传说的风味了。（据《仁宗本纪》，追尊宸妃在三月，幸法福寺在九月。）

《默记》又记有两件事，和宸妃的故事都有点关系。其一为张茂实的历史：

> 张茂实太尉，章圣（真宗）之子，尚宫朱氏所生。章圣畏惧刘后，凡后宫生皇子公主，俱不留。以与内侍张景宗，令养视，遂冒姓张。既长，景宗奏授三班奉职：入谢日，章圣曰，"孩儿早许大也"。昭陵（仁宗）出阁，以为春坊谒者，后擢用副富郑公使虏，作殿前步帅。……
>
> 厚陵（英宗）为皇太子，茂实入朝，至东华门外，居民繁用者迎马首连呼曰，"亏你太尉！"茂实惶恐，执诣有司，以为狂人而黥配之。其实非狂也。
>
> 茂实缘此求外郡。至厚陵即位，……自知蔡州坐事移曹州忧恐以卒，谥勤惠。
>
> 滕元发言，尝因其病问之，至卧内。茂实岸愤起坐，其头角巉然，真龙种也，全类奇表。盖本朝内臣养子未有大用至节帅者。于此可验矣。（上，页十二）

其二为记冷青之狱：

> 皇裕二年有狂人冷青言母王氏，本宫人，因禁中火，出外，已尝得幸有娠，嫁冷绪而后生青。……诣府自陈，并妄以英宗（涵芬楼本误作神宗）与其母绣抱肚为验。知府钱明逸……以

> 狂人，置不问，止送汝州编管。
>
> 　　推官韩绛上言，"青留外非便，宜案正其罪，以绝群疑"。翰林学士赵概亦言，"青果然，岂宜出外？若其妄言，则匹夫而希天子之位，法所当诛。"遂命概并包拯按得奸状，……处死。钱明逸落翰林学士，以大龙图知蔡州；府推张式李舜元皆补外。世妄以宰相陈执中希温成（仁宗的张贵妃，死后追册为温仁皇后）旨为此，故诛青时，京师昏雾四塞。殊不知执中已罢，是时宰相乃文富二贤相，处大事岂有误哉？（下，页四）

这两件事都很可注意。前条说民人繁用迎着张茂实的马首喊叫。后条说民间传说诛冷青时京师昏雾四塞。这都可见当时民间对刘后的不满意，对于被她冤屈的人，不平。这种心理的反感便是李宸妃故事一类的传说所以流行而传播久远的原因。张茂实和冷青的两案究竟在可信可疑之间，故不能成为动听的故事。李宸妃的一案，事实分明，沉冤至二十年之久，宸妃终身不敢认儿子，仁宗二十三年不知生母为谁（仁宗生于1010年，刘后死于1033年）；及至昭雪之时，皇帝下诏自责，闹到开棺改葬，震动全国的耳目：——这样的大案子自然最容易流传，最容易变成街谈巷议的资料，最容易添枝添叶，以讹传讹，渐渐地失掉本来面目，渐渐地神话化。

　　《宋史》记宸妃有娠时玉钗的卜卦，已是一种神话了。坠钗时的"心卜"，谁人听见？谁人传出？可见李宸妃的传记已采有神话化的材料了。元朝有无名氏做的"李美人御苑拾弹丸，金水桥陈琳抱妆盒"杂剧，可以表见宋元之间这个故事已变到什么样子。此剧情节如下：

> 　　楔子：真宗依太史官王弘之奏，打造金弹丸一枚，向东南方打去，令六宫妃嫔各自寻觅！拾得金丸者，必生贤嗣。
>
> 　　第一折：李美人拾得金丸，真宗遂到西宫游幸。
>
> 　　第二折：李美人生下一子，刘皇后命寇承御去把孩子骗出来弄死。寇承御骗出了太子，只见"红光紫雾罩定太子身上"；遂和陈琳定计，把太子放在黄封妆盒里，偷送出宫，交与八大王

抚养。恰巧刘皇后走过金水桥，撞见陈琳，盘问妆盒内装的何物，几乎揭开盒盖。幸得真宗请刘后回宫，陈琳才得脱身。

楔子：陈琳把太子送到南清宫，交与八大王。

第三折：八大王领太子去见真宗；刘后见他面似李美人，遂生疑心，回宫拷问寇承御，寇承御熬刑不过，撞阶而死。

第四折：真宗病重时，命取楚王（即八大王）第十二子承继大统，即是陈琳抱出的太子。太子即位后，细问陈琳，才知李美人为生母。那时刘后与李美人都活着，仁宗不忍追究，只"将西宫改为合德宫——奉李美人为纯圣皇太后，寡人每日问安视膳"。

这里的李宸妃故事有可注意的几点：（1）玉钗之卜已变成了金弹之卜，神话的意味更重了。（2）"红光紫雾"的神话。（3）写刘皇后要害死太子，与《宋史》说刘后养为己子大不同。这可见民间传说不知不觉地已加重了刘后的罪过，与古史上随时加重桀纣的罪过一样。（4）造出了一个寇承御和一个陈琳，但此时还没有郭槐。（5）李美人生子，由陈琳送与八大王抚养，后来入继大统；这也可见民间传说不愿意刘后有爱护仁宗之功，所以不知不觉地把这件大功劳让与八大王了。（6）仁宗问出这案始末时，刘后与李妃都还不曾死。这也可见民间心理希望李妃享点后福，故把一件悲剧改成一件喜剧了。（7）没有狸猫换太子的话，只说"诈传万岁爷要看，诓出宫来"。（8）没有包公的事。这时期里，这个故事还很简单；用不着郭槐，也用不着包龙图的侦探术。

我们再看包公案里的李宸妃故事，便不同了。包公案的桑林镇一条说包公自陈州赈济回来，到桑林镇歇马放告。有一个住破窑的婆子来告状，那婆子两目昏眊，衣服垢污，放声大哭，诉说前事。其情节如下：

（1）李妃生下一子，刘妃也生下一女。六宫大使郭槐作弊，把女儿换了儿子。

（2）李妃一时气闷，误死女儿，被困冷宫。有张园子知此事冤屈，见天子游苑，略说情由：被郭槐报知刘后，绞死张园子，杀他一十八口。

（3）真宗死后，仁宗登极，大赦冷宫罪人，李妃方得出宫，来到桑林镇乞食度日。

（4）有何证据呢？婆子说生下太子时，两手不开；挽开看时，左手有"山河"二字，右手有"社稷"二字。

（5）后来审问郭槐，郭槐抵死不招。包公用计，使仁宗假扮阎罗天子，包公自扮判官，郭槐说出真情，罪案方定。

（6）李后入宫，"母子二人悲喜交集，文武庆贺。"仁宗要刘后受油熬之刑，包公劝止，只"着人将丈二白帕绞死"，郭槐受鼎镬之刑。

这是这个故事在明清之间的大概模样，这里面有几点可注意：

（1）造出了一个坏人郭槐和一个好人张园子，却没有寇承御和陈琳。

（2）包公成了此案的承审官与侦探家。

（3）八大王抚养的话抛弃了，变为男女对换的法子，但还没有狸猫之计。

（4）李妃受的冷宫与破窑之苦，是元曲里没有的。先写她很痛苦，方可反衬出她晚年的福气。

（5）破案后，李后享福，刘后受绞死之刑。这也可见民众心理。

我们可以把宋，元，明三个时期的李宸妃故事的主要分子列为一个比较表——

	主文	坏人	好人	破案人	结局
宋	刘后养李氏子为己子			燕王（宋史） 杨淑妃（《默记》）	追尊李妃为太后，与刘后平等。
元	刘后要杀李氏子，遇救而免，养于八大王家	刘后	寇承御 陈琳 八大王	陈琳	两后并奉养。
明	刘后生女，换了李氏所生子。	刘后 郭槐	张园子	包公	李后尊荣，刘后绞死。

　　《三侠五义》里的"狸猫换太子"故事，是把元明两种故事参合起来，调和折衷，组成一种新传说，遂成为李宸妃故事的定本。我们看上面的表，可以知道这个故事有两种很不同的传说；这两种传说不像是同出一源逐渐变成的，乃是两种独立的传说。前一种元曲抱妆盒——和宋史还相去不很远，大概是宋元之间民间演变的传说。后一种——包公案——是一个不懂得历史掌故的人编造出来的，他只晓得宋朝有这件事，他也不曾读过宋史，也不曾读过元曲，所以凭空造出一条包公断后的故事来，这两种不同的传说，一种靠戏本的流传，一种靠小说的风行，都占有相当的势力。后来的李宸妃故事遂不得不选择调和，演为一种折衷的定本。

　　《三侠五义》里的李宸妃故事的情节如下。

　　（1）钦天监文彦博奏道"夜观天象，见天狗星犯阙，恐于储君不利"。时李刘二妃俱各有娠，真宗因各赐玉玺龙袱一个，镇压天狗星；又各赐金丸一枚，内藏九曲珠子一颗，将二妃姓名刻在上面，随身佩带。

　　（2）李妃生下一子，刘妃与郭槐定计，将狸猫剥去皮毛，换出太子，叫寇珠送到锁金亭用裙带勒死。

　　（3）寇珠与陈琳定计，把太子放在妆盒里，偷送出宫。路上遇见郭槐与刘妃，几乎被他们查出。

　　（4）八大王收藏太子，养为己子。

　　（5）李妃因产出妖孽，贬入冷宫，刘妃生下一子，立为太子。

　　（6）刘妃所生子六岁时得病死了，真宗因立八大王之第三子为太子，即是李妃所生。太子无意中路过冷宫，见着李妃，怜她受苦，回去替她求情。刘后生疑，拷问寇珠，寇珠撞阶而死。

　　（7）刘后对真宗说李妃怨恨咒诅，真宗大怒，赐白绫七尺令她自尽。幸得小太监余忠替死，李妃扮作余忠逃至陈州安身。

　　（8）包公自陈州回来，在草州桥歇马放告。有住破窑的瞎婆子来告状，诉说前事，始知为李宸妃，有龙袱金丸为证。

（9）包公之妻李夫人用"古今盆"医好李妃的双目。李妃先见八大王的狄后，说明来历；狄后引她见仁宗，母子相认。

（10）包公承审郭槐，郭槐熬刑不招。包公灌醉郭槐，假装罗殿开审，套出郭槐的口供，方能定案。

（11）刘后正在病危的时候，闻知此事，病遂不起。

这个故事把元明两朝不同的传说的重要分子都容纳在里面了。抱妆盒杂剧里的分子是：

（1）金弹丸变成了藏珠的金丸了。

（2）寇承御得一个新名字，名寇珠。

（3）陈琳不曾变。

（4）抱妆盒的故事仍保存了。

（5）八大王仍旧。

（6）寇承御骗太子，元戏不曾详说；此处改为郭槐与产婆尤氏用狸猫换出太子。

（7）陈琳捧妆盒出宫之时，路上遇刘妃查问。此一节全用元戏的结构。

但包公案的说法也被采取了不少部分：

（1）郭槐成了重要脚色。

（2）包公成了重要脚色。

（3）用女换男，改为用狸猫换太子。

（4）冷宫与破窑的话都被采取了。

（5）瞎婆子告状的部分。

（6）审郭槐假扮阎罗王部分。

此外便是新添的部分了：

（1）狸猫换太子是新添的。

（2）刘后也生一子，六岁而死是新添的。

（3）产婆尤氏，冷宫总管秦凤，替死太监余忠是新添的。张园子太寒伧了，所以他和他的一十八口都被淘汰了。

（4）李夫人医治李妃双目复明是新添的。

（5）狄后的转达，是新添的。

我们看这一个故事在九百年中变迁沿革的历史，可以得一个很好教训。传说的生长，就同滚雪球一样，越滚越大。最初只有一个简单的故事作一个中心的"母题"（motif），你添一枝，他添一叶，便像个样子了。后来经过众口的传说，经过评话家的敷演，经过戏曲家的剪裁结构，经过小说家的修饰，这个故事便一天一天的改变面目；内容更丰富了，情节更精细圆满了，曲折更多了，人物更有生气了，《宋史》后妃传的六百个字在八九百年内竟演成一部大书，竟演成了几十本的连台长戏。这件事的本身本不值得多大的研究。但这个故事的生长变迁，来历分明，最容易研究，最容易使我们了解一个传说怎样变迁沿革的步骤。这个故事不过是传说生长史的一个有趣味的实例。此事虽小，可以喻大。包公身上堆着许多有主名或无主名的奇案，正如黄帝周公身上堆着许多大发明大制作一样。李宸妃故事的变迁沿革也就同尧舜桀纣等等古史传说的变迁沿革一样，也就同井田禅让等等古史传说的变迁沿革一样。就以井田来说罢。孟子只说了几句不明不白的井田论；后来的汉儒你加一点，他加一点，三四百年后便成了一种详密的井田制度，就像古代真有过这样的一种制度了。尧舜桀纣的传说也是如此的。古人说的好，"爱人若将加诸膝。恶人若将坠诸渊。"人情大抵如此。古人又说："纣之不善，不如是之甚也。是以君子恶居下流，天下之恶皆归之。"古人把一切罪恶都堆到桀纣身上，就同古人把一切美德都堆到尧舜身上一样。这多是一点一点地加添起来的，同李宸妃的故事的生长一样。尧舜就是李宸妃，桀纣就是刘皇后。稷契皋陶就是寇珠、陈琳、余忠、张园子，飞廉、恶来、妲己、妹喜就是郭槐尤氏。许由、巢父、伯夷、叔齐也不过像玉钗金弹，红光紫雾，随人的心理随时添的枝叶罢了。我曾说：

其实古史上的故事没有一件不曾经过这样的演进，也没有

一件不可用这个历史演进方法去研究。尧舜禹的故事，黄帝神农庖牺的故事，汤的故事，伊尹的故事，后稷的故事，文王的故事，太公周公的故事，都可以做这个方法的实验品。

关于江阴南菁书院的史料

（赵椿年的《覃研斋师友小记》，《中和月刊》，第二卷第三期，民卅，三月一日出版，是日据时期的北平刊物。）

此记中记南菁书院最详，我摘记一点。

赵椿年年十五，始应童子试，为光绪壬午（八年，1882年）十月。是他生于同治七年（1868年）。"癸未（1883年）夏，至江阴应院试，得补阳湖县学生员。"学使为瑞安黄漱兰体芳，时官兵部侍郎。

"甲申（1884年）科试，正场首列，复试第二。张小圃（鹤龄）正场第二，复试第一。发落之日，漱师召小圃及余二人至案前，勖勉有加。是年食廪饩，调赴南菁书院肄业。"那时他十七岁。

乙酉（1885年）漱师（学政）任满，继任者为长沙王益吾师先谦，时官国子监祭酒。下车观风之试，发劝学琐言一本，以《尔雅》《说文》《文选》《水经注》四种分发各属为集注。如《尔雅》则《释诂》《释训》（分）江宁，《释言》（分）太仓。……《水经注》则《河水》（分）江宁，《清水》（分）上元。各县皆照此分配，未能有成。至师归田后，始自集《水经注》（各家）为一书耳。（胡适按，此指王先谦的《合校水经

注》。光绪十八年刻行）

余自乙酉（光绪十一年，1885年）正月至南菁书院，己丑（光绪十五年，1889年）正月以会试离院。此四年中皆一年在常熟，一年在江阴。（适按，赵椿年是光绪廿四年二甲进士）

南菁书院之规制，视学海堂，诂经精舍尤为闳美。光绪十年（1884年）以后，吾苏文献几可取征于此。溆兰师提倡之功，实不可没。

书院在江阴县城内中街，为旧水师营协镇游击两署故址。取朱子《子游祠堂记》"南方之学，得其菁华"命名。建立院舍七进，为课生斋舍及掌教住宅。课分经学古学两门，各设内课生二十人，分居"训、诂、词、章"四斋，每斋十人，设斋长一人。始于光绪八年（1882年），成于九年（1883年）六月，是为南菁书院之始。

书院之经费，先由溆兰师捐廉为倡，同官咸起相应，共得钱三万三千串，分存常州府属八县各典中，月息一分，以为课生膏火。因内课生月支膏火五千文也。（光绪）十四，十五，十六（1888—1890年）三年，由苏绅费学曾，姚文枏，盛康，陈美棠，郑惇五等先后捐助川沙南通等处沙田约五万亩。是为书院经费之基本。

书院正中楼上下十间。下为客座，上为藏书楼，中奉郑君朱子栗主。溆师撰联云：

"东西汉，南北宋，儒林文苑，集大成于二先生，宣圣室中人，吾党未容分两派。

十三经，廿四史，诸子百家，萃总目之万余种，文宗江上阁，新楼应许附千秋。"

楼下溆师联云：

"东林讲学以来，必有名世。

南方豪杰之士，于兹为群。"

书院于光绪十年（1884年）秋开课。掌教为南汇张啸山（文虎），到院两月，以足疾辞归（乙酉年——1885年——卒，年七十八）。即改延定海黄元同先生以周，在院凡十五年（1884—1898年），至戊戌（1898年）归隐于仁和半山之下，己亥（1899年）十月十七日卒，年七十二。

益吾师幕中有慈溪林晋霞先生颐山，元同先生亦时请其阅《古学》卷。后与江阴缪筱珊年丈荃孙均分主《古学》讲席。过此则为学校时代矣（胡适按，林颐山是光绪十七年的举人，十八年的二甲进士。缪荃孙是光绪二年的二甲进士）。

余十五年己丑（1889年）离院。光绪二十七年（辛丑，1901年）由学使李殿林奏改南菁高等学堂为江苏全省高等学堂。《南菁学友录》（孙寒厓揆均撰）载书院时代，至二十九年（癸卯，1903年）止。故此记所录诸人，亦至二十九年止。此记本限于一己之师友，但择同住院及相识者记之。欲览其全，则有孙君寒厓所辑之《南菁学友录》在。

赵君所记，共一百十九人。其中有：

金匮华若溪世芳；

○太仓唐蔚芝文治　十一年到院

武进谢钟英（以字行）

昭文孙师郑同康（后改名雄）　十二年到院

华亭雷君曜瑂

○武进庄思缄蕴宽　十三年到院

吴县曹叔彦元弼

○上海李平书钟珏

吴县曹夔一元忠

吴县胡绥之玉缙　以上四年中不常住院者

　　赵君离院以后相识者，有

　　〇无锡吴稚晖眺（后改名敬恒）

　　〇松江钮惕生永建

　　〇南通冯子久善征（适按冯君曾为先父作家传）

　　〇无锡孙寒厓揆均　十六年

　　〇吴县张仲仁一麐

　　〇张云搏一鹏

　　　吴县陆　　士奎

　　〇沈信卿恩孚　十九年（适按沈君为友人沈有乾有鼎之父）

　　〇吴县汪衮甫荣宝

　　〇武进蒋竹庄维乔

　　〇吴县陈颂平懋治

　　　镇洋陆彤士增炜　二十一年

　　〇山阳顾祝侯震福　二十二年（适按顾君为友人顾翊群之父）

姓名上有〇者，是我见过的。

　　南菁之刻书，在光绪十二年（丙戌年，1886年）夏。益吾师奏准在书院设局，汇刻《皇清经解续编》，又命苏州书局助刊二百四十卷，共计二百零九种，一千四百三十卷。又刻《南菁丛书》八集四十一种，此皆余所亲见。

1958年11月27日　夜钞

　　（赵椿年的《覃研斋师友小记补》，《中和月刊》，第二卷第五期）

补的材料不多。摘记两条。

　　漱兰师学政任满，于乙酉（光绪十一年，1885年）十月回京供职。十二月以奏论海军事，交部议处，降二级调用。丙戌

（光绪十二年，1886年）六月授通政司通政使。辛卯（光绪十七年，1892年）乞休后数年始归瑞安故里，己亥（光绪廿五年，1899年）八月卒。

　　益吾师以戊子（光绪十四年，1888年）秋上疏劾李莲英，不报，乞病。隐居长沙乡间良塘，自号遯翁。卒于丁巳（民国六年，1917年）十一月二十六日，年七十五。

1958年11月29日　午后钞

　　南菁书院的历史，我屡次想搜辑，也时时向朋友说起。沈耘农先生听我说及南菁，特托夏涛声先生把这两本《中和月刊》带给我看。沈君厚意可感，不可不记。赵椿年记的南菁史料确是很可贵的。

　　今年6月16日，我搭飞机从台北起飞，上机始见钮永建先生夫妇。在冲绳岛停半点钟，客人都得下机走走。我和钮先生闲谈，劝他把南菁生活记下来。他说，有人说他知道江苏革命的事最多，也劝他记出来。我们回到飞机上，我用铅笔写小诗递给钮先生：

　　　冲绳岛上话南菁，

　　　海浪天风不解听。

　　　乞与人间留记录，

　　　当年侪辈剩先生。

钮先生今年八十九了。他在海外看见我摘记的南菁史料，我想他一定也会高兴的。

胡适1958年11月29日夜

　　我搜访南菁书院史料的最初动机是要寻求一切有关慈溪林颐山（字晋霞，生道光廿七年，死光绪卅三年，1847—1907年）的资料。光绪十四年（1888年），薛福成、董沛在宁波刻印了一部《全氏七校水经注》四十卷，那是一部有恶意的伪书，而近代学人如王静安先生（国维），如孟心史先生（森），皆信为真是全谢山（祖望）的书。林颐山是当时一个有学问的秀才，他自己搜罗了一些关于全谢山《水经注》的资料，他的研究还没有完成，宁波进士董沛（光绪三年进士）粗制滥造的《全氏七校水经注》已被宁绍台道薛福成出钱刻印出来了。林颐山当时就提出许多证据来，指出这个刻本是"伪造"的。

　　不幸林颐山批评这部薛刻本的文字没有流传下来，我们只从两种记载里知道他曾有这种很不客气的批评。第一是薛刻本的挖改后印本，其卷首董沛《例言》添出了三条，其第十四条说：

　　　　慈溪林颐山别为校本，旁稽博引，纠正更多。然刊刻本旨但

　　期无失（谢山）先生七校之旧，非与前辈为难也，故不暇他及云。

第二是王先谦在光绪十八年（1892年）刻印他的《合校水经注》，有《例略》六条，其第五条说：

　　　　《全氏七校水经注》晚出浙中。慈溪林颐山晋霞斥其伪

　　造，抉摘罅漏至数十事。顷岁刊行，兹编一字不敢阑入。

我们看赵椿年的记载，可以知道这些与林颐山有关的事实。（一）南菁书院的第二任掌教就是宁波定海的经师黄以周先生，在院凡十五年（1884—1898年）。黄先生就是林颐山的老师。（二）王先谦任江苏学政是从光绪十一年到十四年（1885—1888年），他一到任就把《水经注》，《说文》等四部书分发给江苏各县的士子，要他们分工做"集注"。（三）王先谦"幕中有慈溪林晋霞先生颐山"，黄以周"亦时请其阅《古学》卷"，后来林颐山就与江阴缪荃孙"分主古学讲席"。江苏学政的官署也在江阴。王先谦说他自己喜欢《水经注》，"耽此三十年，足迹所至，必以自随"。他大概向黄以周访问全谢山《水经注》校本的下落，所以黄以周介绍林颐山和王先谦相识。王先谦很敬重他，续经解里刻有林颐山《经述》三卷。

《朱子语类》的历史

朱子死在庆元六年（1200年）。

嘉定八年乙亥（1215年），李道传（贯之）在池州，搜辑朱子语录，得潘时举、叶贺孙、黄榦诸人的助力，刻成四十二卷，共三十三家，此刻有乙亥十月朔黄榦的序。

《池录》所收，以廖德明记癸巳（隆兴九年，1173年）所闻为最早，其时朱子四十四岁。其次为这些：

　　　　金去伪证乙未所闻（淳熙二年，1175年），

　　　　李季札记丙申所闻（淳熙三年，1176年），

　　　　余大雅记戊戌（淳熙五年，1178年）以后所闻。

《池录》初编时，似没有编年之意，但卷廿四以后，到卷四十三，都依记录的年岁为次第。

《池录》三十三家，其卅五卷所收为朱子答陈埴书，不是语录，故后来《语类》不收此卷。余三十二家之中，其占一卷以上的，共有这些：

　　　　叶贺孙　五卷，辛亥（绍熙二年，1191年）以后所闻。

　　　　杨道夫　二卷，己酉（淳熙十六年，1189年）以后。

　　　　徐寓　二卷，庚戌（绍熙元年，1190年）以后。

黄义刚　二卷，癸丑（绍熙四年，1193年）以后。

沈侗　四卷，戊午（庆元四年，1198年）以后。

以上记池州的语录，省称《池录》。

后来李道传的弟弟性传继续搜访，从宝庆二年丙戌（1226年）到嘉熙二年戊戌（1238年），又收到四十一家，"率多初本，去其重复，正其讹舛，第其岁月，刻之鄱阳学宫。复考《池录》所余，多可传者，因取以附其末"。这是饶州刊刻的《朱子语续录》四十六卷。李性传有后序，说语录的重要性，很有历史见解。他说：

先生《家礼》成于乾道庚寅（1190年），《通鉴纲目》《西铭解义》成于壬辰（1172年），《太极通书义》成于癸巳（1173年），《论语注问》《诗集传》成于淳熙丁酉（1177年），《易本义启蒙》成于乙巳丙午之间（淳熙十二到十三年，1184—1185年）。《大学中庸章句或问》成书虽久，至乙酉（淳熙十六年，1189年）乃始序而传之。《楚辞集注》《韩文考异》成于庆元乙卯（庆元元年，1195年）。《礼书》虽有纲目，脱稿者仅二十有三篇。其著书岁月次第可考也。

《家礼》编成而逸，既殁而其书出，与晚岁之说不合。先生盖未尝为学者道也。

《语》《孟》《中庸》《大学》四书，后多更定。今《大学·诚意章》，盖未易箦前一夕所改也。是四书者，覃思最多，训释最精，明道传世，无复遗蕴。至其他书，盖未及有所笔削，独见于疑难答问之际，多所异同。而《易》书为甚。……

故愚谓《语录》与《四书》异者，当以《书》为正。而论难往复，《书》所未及者，当以《语》为助。与《诗》《易》诸书异者，在成书之前，亦当以《书》为主。而在成书之后者，当以《语》为是。学者类而求之，斯得之矣。

《饶录》是曾"第其岁月"的，其第一卷记录者是黄榦，黄榦（直卿）见朱子最早，又是他的女婿，故他记朱子语，虽不题岁月，当然可以包括早年与晚年的记录。其次为何镐（叔高），何镐死于淳熙二年乙未，故此录题"乙未（1175年）以前"。以下各卷，自程端蒙以下，都依年岁先后编次，最早的为淳熙六年己亥（1179年），到朱子死之前一年（庆元五年，1199年）。这里各家占一卷以上的，共有这些：

> 周谟二卷，己亥（1179年）以后。
>
> 黄卣二卷，戊申（1188年）以后。
>
> 陈淳二卷，庚戌（1190年）及己未（1199年）所记。
>
> 吕焘与吕焕二卷，己未（1199年）所记。
>
> 同舍共记四卷，己未（1199年）所记。

这里面陈淳（安卿）两次的记录最小心，最用功，最能表现朱子说话的神气，是最可宝贵的史料。

《饶录》最后四卷，不依年岁的先后。其四十三至四十五卷，为吴焘昌、杨长孺、吴琼，有校记云：

> 以上三家非底本，览者详之。

此可见其余各家记录都用"底本"。

最末的四十六卷收的廖德明、潘时举等人，都是"《池录》所余"，故附在后。

以上记饶州刻的《朱子语续录》，省称《饶录》。

淳祐戊申（淳祐八年，1248年）己酉（1249年）之间，朱子门人建安蔡抗收得杨方、包扬诸家的记录，编为二十六卷，是为饶州刻的《朱子语后录》，省称《饶后录》。《后录》收的二十三家，其中二十家是池本与饶本所无。编者蔡抗有后序，提及"先师又有亲自删定与先大父西山讲论之语"，可见他是蔡沈之子，元定之孙。

过了十多年，天台吴坚又在建安刊刻《朱子语别录》，其后序年月是

"咸淳初元嘉平三月"（1265年）。他说：

> ……《池录》三十有三家。鄱本《续录》四十有二家，其三十四家，池本所未有也，再见者两家，录余凡六家。又《后录》二十三家，其二十家，亦池本所未有也，再见者三家。合三录为八十七家。

> 坚末学生晚。嘉定癸未甲申间（1223—1224年），侍先君子官长沙，师西山真先生倅、弘斋李先生（燔）常进之函丈；又事长沙舒先生，列岳麓诸生。果斋李先生（方子）过潭，又获侍讲席焉。果斋，先君子畏友也，尝介以登朱子之门。

> 坚歠是多见未行语录，手抄盈箧，凡六十五家。今四十年矣，晚得池、鄱本参考，刊者固已多，……若李壮祖、张洽、郭逍遥所录，亦未有也。竭来闽中，重加会粹，以三录所余者二十九家，及增入未刊者四家，自为别集，以附《续录》《后集》之末。

以上记四部语录。

分类的《朱子语类》，起源很早。不等到饶州两集刊刻出来，剑南已有黄士毅的《朱子语类》一百四十卷刻出来了。

黄士毅，字子洪，自序的第二篇题"门人蒲田黄士毅"。但魏了翁作《朱子语类序》，末尾说：

> 子洪名士毅，姑苏人，尝类《文公集》百五十卷，今藏之策府；又类注《仪礼》，未成书。

也许他是莆田人，原籍苏州。

黄士毅编《朱子语类》，是用池州语录作底本，但他加上了三十八家。他说：

> 右《语录》总成七十家。除李侯贯之已刊外，增多三十八家（适按，《池录》本有三十三家，黄氏删去陈埴一家，故只存

三十二家了）。或病诸家所记互有重复，乃类分而考之。盖有一时之所同闻，退各抄录。见有等差，则领其意者，斯有详略。或能尽得于言，而语脉间断，或就其中粗得一二言而止。今惟存一家之最详者，而它皆附于下。至于一条之内，无一字之不同者，必抄录之际尝相参校，不则非其（所）闻而得于传录，则亦惟存一家，而注"与某人同"尔。

既以类分，遂可缮写，而略为义例以为后先之次第。……以太极天地为始，乃及于人物性命之原，与夫古学之定序。次之以群经，所以明此理者也。次之以孔、孟、周、程、朱子所以传此理者也。乃继之以斥异端。异端所以蔽此理，而斥之者任道统之责也。然后自我朝及历代君臣、法度、人物、议论，亦略具焉。此即理之行于天地设位之后，而著于治乱兴衰者也。

凡不可以类分者，则杂次之，而以作文终焉。……深明夫文为末而理为本也。

然始焉妄易分类之意惟欲考其重复。及今而观之，则夫理一而名殊，问同而答异者，浅深详略，一目在前，互相发明，思已过半。至于群经，则又足以起《或问》之所未及，校《本义》之所未定，补《书说》之所未成。而《大学章句》所谓"高入虚空，卑流功利"者，皆灼然知其所指，而不为近似所滔溺矣。诚非小补者！

黄士毅此序无年月，但他说分类的用处，说的最明白。黄氏是一个有见识，能组织材料的人，所以他的"语类门目"，至今沿用。

嘉定十二年（己卯年，1219年），眉山史廉叔（名公说）要刻印《朱子语类》百四十卷，黄士毅又作后序，略记他删订的义例。在后序里，他特别指出他分的"学类七卷"虽然出于他的臆见，实在是朱先生教人之方，他要读者特别"于此三复，而得夫入道之门"。

依魏了翁的序与黄士毅的第二后序的年月看来，史公说在四川刻《朱子语类》是在嘉定十二年到十三年之间（1219—1220年），其时《饶录》与《饶后录》都没有刻。

这是第一部《朱子语类》，省称《蜀类》。

淳祐十二年壬子（1252年），徽州有翻刻《蜀类》出来，有蔡抗的后序，序中并没有说徽州本有增改的地方，但后来编纂《朱子语类大全》的黎靖德指出"《徽类》虽翻蜀本，已增入《饶录》九家"。

这是《蜀类》的徽州增补重刻本，省称《徽类》。

在这个时期，婺州东阳王佖也留心收集朱子的语录，先后收得了三十多家，编为婺州本的《朱子语录》。蔡抗作《饶后录》后序，曾提到：

> 东阳王元敬佖亦以所集刊本见寄。

可见王佖的《婺录》曾有刻本。他后来又把他收集的各家语录，编成《朱子语续类》四十卷。魏了翁的儿子在徽州做官，就把这书也在徽州刻出。王佖有后序，题淳祐壬子（1252年）。他说：

> 先是，池本饶本，人各为录，间见错出，读者病焉。子洪既以类流传，便于玩索，而微言精语犹有所遗。佖每加访求，得所未见。自是朋友知旧知其有心于纂辑，亦颇互出所有以见示，凡三十有余家。既裒以为《婺录》，而继之者尚未艾也。佖幽居无事，……审订其复重，参绎其端绪，用子洪已定门目，粹为《续类》，凡四十卷。

王佖不曾细考各书的编刻年月，他误认黄士毅编《语类》是在"池本饶本，人各为录"之后。这大概是因为王佖所见的《语类》是徽州刻本，其中已加入了《饶录》九家。所以他的《续类》只收他的婺州本三十多家。

这是第二部《朱子语类》，省称《续类》，也称《徽续类》。

以上说的是《朱子语录》的"三录二类"，其实应该说"五录三

类"。五录是《池录》《饶录》《婺录》《饶后录》《建别录》。三类是
《蜀类》《徽类》《徽续类》。

到了南宋末期，导江（即今成都）黎靖德又取"三录二类"，参考
徽州刻的《语类》和吴坚的《建安别录》，做了一番细心参校的工作，他
才明白黄士毅编的《语类》与王佖的《续类》都还有遗漏，还有别的毛
病，——都还有合并大整理的需要。他说：

> 三录二类，凡五书者，并行而错出，不相统壹。

他要合并参校，制成一部"统壹"三录二类等书的《朱子语类大全》。
他说：

> 盖《蜀类》增多《池录》三十余家，《饶录》增多《蜀
> 类》八九家，而《蜀类》《续类》又有《池》《饶》三录所无
> 者。王公（佖）谓《蜀类》作于《池》《饶》各为录之后，盖失
> 之。而今《池录》中语尚多《蜀类》所未收，则不可晓已。岂
> 《池录》尝再增定耶？抑子洪犹有遗耶？

> 子洪所定门目颇精详，为力勤矣。廉叔刻之，不复雠校，
> 故文字甚差脱，或至不可读。徽本附以《饶录》，《续类》又增
> 前类所未入，亦为有功。惜其杂乱重复，读者尤以为病。而《饶
> 后录》新增数家，王公或未之见，未及收也。

> 靖德妄其晚陋，辄合五书而参校之。因子洪门目，以《续
> 类》附焉，《饶后录》入焉。遗者收之，误者正之。考其同异而
> 削其复者一千一百五十余条。越数岁，编成可缮写。

此跋题景定癸亥（景定四年，1263年）秋八月。这时候建安《别录》
还没有出来。两年之后（咸淳元年，1265年），《别录》刻行了。黎靖德
在咸淳六年庚午（1270年）有第二跋，说：

> 近岁吴公坚在建安又刊《别录》二册，盖收《池》《饶》
> 三录所遗，而亦多已见他录者。并参校而附益之。粗为宁编，靖

德适行郡事，因辄刻之郡斋，与学者共之。

黎氏两跋中都讨论到包扬所录四卷语录（在《饶后录》里），前跋称包扬的儿子包恢为"尚书"，后跋称他为"枢密"，又说：

靖德来盱江（当作"盱江"，即江西建昌府南城县），枢密甫下世，恨不及质之也。

包扬父子是建昌人，包恢本传（《宋史》四二一）说他"庆宗即位，召为刑部尚书，进端明殿学士，金枢密院事，封南城县侯。……以资政殿学士致仕。……年八十有七……卒"。黎靖德"行郡事"，似是知建昌府事。故这部《语类大全》的初次刻本似是咸淳六年庚午（1270年）在建昌府刻的。

这是今日流传的《朱子语类》的底本。

哥伦比亚大学藏有一部万历三十一年（1603年）婺源朱崇沐重刻的《朱子语类》，有叶向高、王图、汪应蛟、朱吾弼诸人的序文十篇。这个万历婺源刻本又有《前序》两篇，一篇是成化九年（1473年）江西藩司重刻本的原序，是彭时写的，叙述这个十五世纪江西重刻本的历史如下：

……惜乎（黎刻《语类大全》一百四十卷）版本今不复传，间有传录者，又不免乎辛亥之讹也！三山陈君炜自天顺庚辰（天顺四年，1460年）第进士，为御史，屡欲访求善本而不得。成化庚寅（天顺六年，1470年）（陈君）副宪江右，始访于豫章胡祭酒颐庵先生家，得印本，中缺二十余卷。明年（天顺七年，1471年）分巡湖东，又访于崇仁吴聘君康斋家，得全本，而缺者尚一二。合而校补，遂成全书。欲重刻以广其传，谋于宪使严郡余公。公喜，倡诸同寅，各捐俸余，并劝部民之好义者出资，以相其成。自今春始工，期以秋毕。

这序文里说陈炜访得的两部刻本是从豫章胡家、崇仁吴家得来的，这一点或许可以暗示黎靖德的原书是在江西刻的。

万历朱崇沐刻本还有一篇《前序》，是一位"巡按"作的修补江西藩司本的序文，没有年月，也没有巡按的姓名。万历三十一年（1603年）刻本是高安朱吾弼要朱子十三世孙朱崇沐翻刻的成化九年的江西藩司刻本的修补本。十篇序文之中，有婺源县知县和谭昌言的序，说："卯冬（万历三十一年，癸卯，1603年）经始，辰之春（万历三十二年甲辰，1604年）遂成书矣。"

万历朱刻本的行款是每半叶十一行，每行二十二字。近几十年来流行的刻本，每半叶十二行，每行二十四字，乃是满清晚期上海的书坊翻刻康熙年间吕留良（1629—1683年）刻的"御儿吕氏宝诰堂本"，故行款与宝诰堂刻本相同，而书中宁字，淳字，往往避讳改作"甯"，作"湻"，可见是同治（1862—1874年）以后的翻刻本。

以上略记朱子的《语录》和《语类》的历史，可以依年代的先后表示如下：

（1）《池录》（李道传在池州刻的《朱子语录》三十三家） 1215年；

（2）《蜀类》（黄士毅编，史公说在眉州刻的《语类》七十家） 1219—1920年；

（3）《饶录》（李性传在饶州鄱阳刻的《语续录》四十一家） 1228年；

（4）《婺录》（王佖在婺州编刻的《语录》三十余家） 约1245年；

（5）《饶后录》（蔡抗在饶州刻的《语后录》二十三家） 1249年；

（6）《徽类》（徽州翻刻《蜀类》，增入《饶录》九家） 1252年；

（7）《徽续类》（徽州刻王佖的《语续类》四十卷） 1252年；

（8）《建别录》（吴坚在建安刻的《语别录》二册） 1265年；

（9）《语类大全》（黎靖德在江西建昌刻的《语类大全》） 1270年；

（10）《语类》成化重刻本（成化九年江西藩司刻） 1473年；

（11）《语类》万历重刻本（万历卅一年至卅二年婺源朱崇沐刻） 1603—

1604年；

（12）《语类》吕氏宝诘堂刻本（吕留良刻） 十七世纪。

论初唐盛唐还没有雕版书

老友李书华先生最近发表了一篇《再论印刷发明的时期问题》。他的结论"西元七世纪上半期很有可能中国已有雕版印刷了",是他和我向来相信的。但他和我都没有寻到可信的实物或文件作证据。

他在此文里提出三件证据,不幸都不是证据,都不可用来证明唐太宗时代和玄宗时代(627—755年)已有"雕版印刷"。

因为李先生说"上述三种材料的正确性似无疑义",我是他的老朋友,不敢不纠正他这句话的错误。

他的第一文件是明朝邵经邦(死在1565年)的《弘简录》一段,说长孙皇后著有《女则》十篇,死后,唐太宗"令梓行之"。这是明朝学人看惯了刻板书,无意之中说出"梓行"的错话。《唐书》五十一、《新唐书》七十六,长孙后传皆无此语。《太平御览》百四一引《唐书》正传,也无此语。故这一句十六世纪人的无心之误,绝不是七世纪的证据。

他的第二和第三文件都是真的文件,不幸他错解其中的"刊勒""刊校"等字的意义了。今引此二件的文字如下:

(一)唐刘知几《史通》卷十二,说《隋书》:

　　《五代纪传》(梁、陈、高齐、宇文周、隋五代)并目录凡二百五十卷,书成。……唯有十志,……未有其文。又诏左仆于志宁，太史令李淳风，著作郎韦安仁，符玺郎李延寿同撰。太宗崩后，刊勒始成。其篇第虽编入《隋书》，其实别行，故俗呼为《五代史志》。（适按，李先生原引此文，删去了补撰"十志"的话，甚误，故我补引全文，使人知道"刊勒始成"的是补作的"十志"，不是《五代纪传》。）

（二）《唐书》一〇二《褚无量传》：

> 玄宗即位，……无量以内库旧书自高宗代即藏在宫中，渐致遗逸，奏请缮写刊校，以弘经籍之道。

《史通》里的"刊勒"，《褚无量传》里的"缮写刊校"，李书华先生都认作雕版印刷的意思，这是很错误的。他说：

> 刊原意刻也，削也。……勒，亦刻也，千字文"勒碑刻铭"。

"勒"字古有"刻"的意义。《礼记·月令》，"孟冬之有……，命工师效功，……物勒工名，以考其诚"。郑玄注，"勒，刻也。刻工姓名于其器，以察其信"。《千字文》"勒碑刻铭"，也是此意。在中唐雕版印书渐渐流行的时期。元稹作《白氏长庆集序》，曾两次用"模勒"表示用雕版模刻写本的意思。元稹说：

> 二十年间……缮写模勒，炫卖于市井，或持之以交酒茗者，处处皆是。

元稹自注云：

> 杨越间，多作书，模勒乐天及予杂诗，卖于市肆之中也。

（《白氏长庆集》五十一）

故我们可以说，在长庆四年（824年）冬十二月元稹叙述"二十年间"的事，他用"模勒"，确是指当时市肆之中写白、元两公的杂诗雕版印刷的事实。

但在前一百年刘知几（660—721年）作《史通》的时候，"刊勒"二字连用或单用，都没有雕版印刷的意思。我试举《史通》卷十二论"古今正史"一篇里的一些例子如下：

（例一）孝武之世，太史公司马谈欲错综古今，勒成一史。（说《史记》）

（例二）大明六年（462年），又命著作郎徐爰踵成前作。爰因何（承天）孙（冲之）山（谦之）苏（宝山）所述，勒为一书。（说《宋书》）

（例三）姚察有志撰勒，施功未竟。（说《梁书》）

（例四）魏世……崔鸿（撰）……《十六国春秋》……犹阙蜀事，不果成书。推求十有五年，始于江东购获。乃增其篇目，勒为十卷。（说《十六国春秋》）

（例五）齐天保（明刻本误作宝）二年（551年）敕秘书监魏收博采旧闻，勒为一史。（说《后魏书》）

（例六）五代纪传……书成，……唯有十志，……未有其文。又诏……于志宁（等）同撰。……太宗崩后，刊勒始成。

（说《隋书》，此即李先生引的第二件）

（例七）长安（701—704年）中，余与正谏大夫朱敬则，司封郎中徐坚，左拾遗吴兢，奉诏更撰《唐书》，勒成八十卷。神龙元年（705年），又与兢等重修《则天实录》，编为二十卷。

（末节说《国史》）

这七例都是从《史通》卷十二引来的。我们试比校这七个例子，就可以明白第六例的"刊勒"也只是"刊削编定"的意思，并有"雕版印制"的意思。

试就《史通》里再举几个例子：

（例八）书事记年，出自当时之简。勒成删定，归于后来之笔。（卷十一，《史官建置篇》）

"勒成"即编成。（比较上文例七，"勒成八十卷"，与"编为二十卷"，是同意而异文而已。）"删定"即"刊定"。

（例九）自策名仕伍，待罪朝列，三为史臣，再入东观，

竟不能勒成国典，贻彼后来。（卷二十，《忤时篇》）

（例十）古者刊定一史，纂成一家，体统各殊，指归咸别。（同上）

（例十一）如创立纪年，则年有断限。草传叙事，则事有丰约。或可略而不略，或应书而不书，此刊削之务也。（同上）

（例十二）《史记·田敬仲世家》曰，田常成子以大斗出贷，以小斗收。齐人歌之曰："妪乎采芑，归乎田成子。"……田成见存，而遽呼以谥。此之不实，明然可知。……乃结以韵语，纂成歌词，欲加刊正，无可瑇革。（卷二十，《暗惑篇》）

此皆可见刘知几用"勒"作"编"字解，用"刊"作"删削""删改"解，绝无雕版印刷的意义。"勒成删定，归于后来之笔"，可见"勒"与"刊"都是笔写的事，不关雕版的事。

《玉篇》说：

勒，抑勒也。

刊，削也，定也。

《广韵》：

二十五"德"，"勒，邺中记曰，石虎讳勒，呼马勒为绤。"

二十五"寒"，"刊，削也，剟也。"

二十七"删"，"删，除削也，又定也。"

十七"薛"，"挃，刊也。"

"勒"是"抑勒"，故有约束编制的意思，放"编成一书"，"纂成一家之言"，都可称为"勒成"。"刊"字在刘知几时代，多作"削也，定也"讲，《史通》里只有一处用"刊"字作"刻削"讲：

（例十三）"神嘉（当作麚）二年（429年）又诏集诸文士崔浩，浩弟览……等撰国书为十卷。又特命浩总监史任，……续成前史书，叙述国事，无隐恶，而刊石写之，以示行路。浩坐此夷三族。"（卷十二，说《后魏书》）

按《魏书》三十五，《崔浩传》记此事：

> 初，郗标等立石，铭刊《国记》，浩尽述国事，备而不典，而石铭显在衢路，往来行者咸以为言。事遂闻发。

"铭刊"即是"铭刻"，"石铭"即是"石刻"。《史通》此篇用"刊石写之"，即是"刻石写之"。此与前引诸例，"刊勒""刊定""刊削""刊正"，都不相同。

故我们可以说，"勒"与"刊"虽然都有"镌刻"的古义，但刘知几《史通》卷十二说《隋书》的十志"太宗崩后，刊勒始成"一句的"刊勒"显然用作"删削编纂"解，绝不关雕版印刷的事。

至于李书华先生引的《唐书·褚无量传》里的"奏请缮写刊校"一句话，也完全没有雕版印刷的意思，也只是指写本的"刊定校正"。李先生试读《褚无量传》的全文，就不会误解了。此传记褚无量校写两京的内库藏书的事，是这样的一大段，不可割裂分开：

> 无量以内库旧书自高宗代即藏在宫中，渐致遗逸，奏请缮写刊校，以弘经籍之道。
>
> 玄宗令于东都乾元殿前施架排次，大加搜写，广采天下异本。数年间，四部充备。（玄宗）仍引公卿巳下入殿前，令纵观焉。
>
> 开元六年（718年）驾还，又敕无量于（长安）丽正殿以续前功。
>
> （开元八年），无量病卒，年七十五，临终遗言以丽正写书未毕为恨。

读了这一大段记事，我们就可以知道褚无量在东都乾元殿做的是"缮写校正"内库藏书的事；他在西京丽正殿做的也是"写书"的事。"数年间，四库充备"，这当然不是雕版印刷的四库书。

试看《唐书》同卷的《元行冲传》，我们更可以明了玄宗开元初期在东西两京校写书的大事。《元行冲传》说：

> 先是，马怀素集学者续王俭今书《七志》，褚无量于丽正殿校写四部书，事未就而怀素无量卒，诏行冲总代其职。

> 于是行冲表请通撰古今书目，名为"群书四录"，……岁余，卞成，奏上。……

> 寻以衰老，罢知丽正殿校写书事。

这就更可以说明褚无量的"缮写刊校"只是"校写四部书"，并非雕版印书。

《元行冲传》还有一段文字，可以参证"刊勒"二字的当时用法：

> 初，有左卫率府长史魏光乘奏请行用魏征所注《类礼》。

上遽令行冲集学者撰《义疏》，将立学宫。

> 行冲于是引国子博士范行恭，四门助教施敬本，检讨刊削，勒成五十卷。十四年（开元十四年，726年）八月奏上之。

同卷《韦述传》也有一段文字，可以参勘：

> 《国史》自令狐德棻至吴兢，虽累修撰，竟未成一家之言。

> 至述始定类例，补遗续阙，勒成《国史》一百一十三卷。

"刊勒"二字的意思不过如此，"刊校"二字也不过如此，都与雕版印书无关。

我虽然曾推测七世纪中国很可能已有小件的雕版印刷了，但我至今还寻不着可信的实物或文件作证据。相反的，我还可以举出几个文件来证明唐玄宗开元、天宝时代（713—756年）还没有雕版书，至少还没有大件的雕版印刷。

《唐大诏令集》卷百十三有开元二年（714年）七月《断书经及铸佛像敕》，中说：

> ……闻坊巷之内，开铺书经，公然铸佛。……自今以后，州县坊市等等不得辄更铸佛写经为业。……须经典读诵者，勒于寺取读。如经本少，僧为写供。

同书卷百十四有《榜示广济方敕》说：

> 朕顷者所撰《广济方》，教人疾患，颁行已久，计传习亦
> 多。犹虑单贫之家未能缮写，间阎之内或有不知。……宜令郡县
> 长官就"广济方"中逐要者于大版上件录，当村坊要路榜示。仍
> 委采访使人勾当，无令脱错。

此敕的年月是天宝五年（746年）八月，已是八世纪的中叶了。

我们看了这两件敕书，不能不推想开元、天宝时代还没有雕版印书。

开元宰相张说（死在开元十八年，730年）的文集里有一篇《〈般若
心经〉赞》，其中说：

> ……秘书少监驸马都尉荣阳郑万钧，……学有传癖，书成草
> 堂，乃挥洒手翰，镌刻《心经》，树圣善（圣善是寺名）之宝坊，
> 启未来之华叶。……国老张说闻而嘉焉，赞扬佛事，类之乐石。

《心经》不过二百五十多字，写了镌刻，不是难事。但我看张说说的"题
之乐石"，大概还是写了镌刻在石上。

照我现在所知，我们只能举出上文引的元稹在长庆四年（824年）冬
十二月做的《〈白氏长庆集〉序》里说的"二十年间"，"扬越间，多作
书模勒乐天（白居易）及予（元稹）杂诗，卖于市肆之中"——那是最早
而最无可疑的中国民间雕刻小本书出卖的记载。元稹说，那是"二十年
间"的事，即是贞元晚年（约当800年）的事。

第二件无可疑的文件是《册府元龟》卷一百六十记的太和九年（835
年）十二月丁丑（初六）东川节度使冯宿奏准敕禁断印历日版，原文说：

> 剑南、两川及淮南道，皆以版印历日，鬻于市。每岁司天
> 台未奏颁下新历，其印历已满天下。有乖敬授（民时）之道，故
> 禁之。

雕印元白两诗人的杂诗出卖，或"持之以交易酒茗"，那是小件的
雕版。

"版印历日，鬻于市"，也是小件雕印。大概到了八世纪末年，九

世纪初年，中国还没有大部的雕版书，并且还轻视那些雕版印卖的小书，只认作市井小人的行为。白居易自己的诗文稿，有五个写定本，三本寄存他最喜欢的佛寺里，"请不出院门，不借官客；有好事者，任就观之"。另两本留给一个侄儿，一个外孙。乐天的《〈白氏集〉后记》写在会昌五年（845年）五月一日。可见到了九世纪中期，白乐天还没有想到他的"七十五卷诗草，大小凡三千八百四十首"是可以雕版印刷的。

中国文艺复兴

各位男女：

学校当局赐给我这个博士衔，我很觉得欢喜。把这个荣誉赐给这么的一个徒然晓得写诗作文章的人，实在不如那些化学家，机器师，和其他着实地造益大众的人般值得哪。大学当局以这个学位赐给一个不相干的中国人，还是破题儿第一遭吧。我希望这次是将来许多同样的机会的先导啊！至于所谓"中国文艺复兴"，有许多人以为是一个文学的运动而已；也有些人以为这不过是把我国的语文简单化罢了。可是，它却有一个更广阔的涵义。它包含着给与人们一个活文学，同时创造了新的人生观。它是对我国的传统的成见给与重新估价，也包含一种能够增进和发展各种科学的研究的学术。检讨中国的文化的遗产也是它的一个中心的工夫。

假如把这个运动的范围收缩到为一个文学的运动，它仍然不就是中国的言语或文学的简单化而已。我国的文字，因为采用了语体，反弄得繁杂起来，可是也因此而变为丰富了。所有的活的语文都是在滋长着的东西，所以无论如何是没法使活的语文简单起来的。现在的中国文比二十年前底丰富得许多。今日学校里的字最少比四书五经多得百倍。新的名词和语法，每日在增加着的啊。

所谓千字运动（1000-Character movement），不过是文学革命的一小部分而已。选出了一千个基本字来，不过想教给那些没有机会去受教育的成人罢了。说这个就是把中国文字简单化了是很不确的。

中国的文艺复兴，不是徒然采用了活的文字来做教育的工具，同时是做一切的文学作品的工具的一种运动。因为白话文普遍化，大众都懂得，所以执政者，以至于其党，都利用它来做宣传的工具了。

大约二千年前，汉朝有一个首相向皇帝上一张奏说，那些以经典般的文字写成的谕旨和法律，不特百姓们看不懂它，就是奉行它的官吏们也读不懂它。结果，就因此采行科举制度了。政府只会奖励那些熟识经学的读书人，对那些熟读一两部经的，能够背诵和写下全部经文而没有错的人就赏赐官衔，后来甚至给以爵禄，于是，中国的读书人便穷年累月的去求熟读四书五经了。当时，读书人仅占人数的很小部分而已。能够考取科名的，又更加少了。可是，他们是不惜花费了一生的精力来求熟习这死文学的。

当中国初和现代各国接触的时候，执政的人们便知道了这样的有百分之八十五以上不识字的人是不能够在这个世界上安然的生存着的了。自从三十年前发生了这个思想，办法也就立刻想了出来。那问题是："我们还可以用这个死的东西来做现代日常生活的工具吗？"

于是乎有些人提议用一种新的中国字母来教民众读书写字，也有些提议用语体文和编印些简易的书报来教导民众。

真正的解决办法，并不是出乎熟练的改革家，而是出于美国的一所大学宿舍里，我和留美的同学争论过许多次，后来终于认定了所有的我国的真正伟大的诗歌和文学作品，都是当时的人拿当时的语言写成而不是拿死文字写成的，那时候是1916年。我同时又得到一个结论：凡是中国的伟大的文学作品，都是由大众们产生出来，并不是由那些学者读书人们产生出来的——他们实在忙着研究那死文字哪！千百年来的销路最好的惊人的民歌、故事、小说，都是出于市井之人街边说书，和其他同类的很熟识语言的人的手。

1917年，我写信给文学院长，说明我的意见，同时寄了几首白话诗。它马上就得到了许多同情的接待，美洲的华侨们又欢喜的理论，也得到当时独一无二的国立大学的赞许。

中国语实在是世界上各种言语——包含了英语——中最简易的一种。很不幸，英国语老早就写了下来，和印了出来，以致现在有强动词和弱动词（Strong verbs & Weak verbs）的分别及其他许多的文法的成例而没法除去。反之，中国的语文是单易而清楚，因为他没有阻碍地经过二千多年的洗炼和改良，至到现在成了完美的阶段，所以孩子们仆役们说来的时候也丝毫没有文法上的错误。外国的小孩子在中国生长，许多先就学会了中国语才学会他自己的国语便是中国语的简易的例证。

文人学者们终于致力于这个迟迟才发生的文学革命了，也开始明白地认识了这个给人轻视的白话了。其实，它实在不应该给人轻视的——它是将来中国的国语和产生一切的文学作品的。

我年前出版的《中国哲学史大纲》，就是用白话写成的。当时的出版人问我是不是五百本就够了呢。后来费了几许唇舌，他才肯印一千本。谁知第一版在两星期内售清，第二版也在两个月也卖个精光，自此后，几年来的销路都不坏。

现在的出版界，需要的是国语文的东西，因为销路可比文言的东西多得三十倍。

除掉中国东南部从上海到广州沿海的一带，其余各地的中国人都说着同样的言语——那是一种很适合这个新的运动的国语。

八股的起原

我常指出"律赋"是八股的娘家。八股文最重"破题","破题"之名亦起于"律赋"。律赋的起句必须扣住题目，故名曰"破题"。试举律赋中最有名的"破题"为例：

王安石

首善自京师赋 王化下究，人文内崇。繁京师首善之教，自太学亲民之功。……

苏颂

历者天地之大纪赋 昔圣王建官司地，图象知天，推历用明于大纪，考星咸自于初躔。

郑獬：

圆丘象天赋 礼大必简，丘圆自然，盖推尊于上帝，遂拟象于高天。

苏轼：

浊醪有妙理赋 酒勿嫌浊，人当取醇，失忧心于昨梦，信妙理之凝神。

林希：

佚道使民赋 古者善政，陶乎庶民，上安行于佚道，下无惮于劳身。

以上各例，均见《宋文鉴》卷十一。唐人集中"律赋"甚多，如白居易、元稹，都有律赋，亦各有"破题"的警句。

不但"破题"是律赋与八股同有的。承题以下分股开讲，其形式都与赋体最相近。

以上是我的旧说。

今天看明刻丛书"百陵学山"，其中有《黎子杂释》一卷，是"未斋黎久之大"著作的。其中有"黎近授徒都市"一条，述黎近教弟子的话：

> 经义（八股）之破题，即律诗之起句也。承题即其第二句也。小大讲，即中二联也。结题即末二句也。

此论与我的见解大致相同。"律诗"与"律赋"大致同出于一个时代。他们的结构很相同。但普通的律诗比较更自由一点。只有"试帖诗"，完全与律赋的格律相同。试举白居易《宣州试"窗中列远岫"诗》为例：

> 天静秋心好，窗开晓翠通。
>
> 遥怜峰窈窕，不隔竹蒙笼。
>
> 万点窗虚室，千重叠远空。
>
> 列檐攒秀气，缘隙助清空。
>
> 碧爱新晴后，明宜返照中。
>
> 宣城郡斋在，望与古时同。

又举元稹的《赋得"雨后花"》作例。

> 红芳怜静色，深与雨相宜。
>
> 余滴下纤蕊，残珠堕细枝。
>
> 浣花江上思，啼粉镜中窥。
>
> 念此徘徊久，风光幸一吹。

这些律诗的第一二句即是"破题"。黎说，律诗起句是破题，第二句是承题。我嫌他说的太拘太窄。如杜甫的"剑外忽传收蓟北"可说是破题，"初闻涕泪满衣裳"可说是承题。但在绝大多数的律诗里，破题实不限于第一句。即此两句杜诗，第二句写个"喜"字，仍可说是"破题"的一部分。

总之，律诗（严格的试帖的律诗）与律赋是八股文的来源，绝无可疑。律诗的局面太窄，不够发挥经义；而律赋的体裁原来就有"破题"一类的"术语"，其分段转韵的篇幅格局尽够作敷演经义之用。故八股的形式最近于律赋。故我们可以说律赋是八股的生母。

世传王安石是八股的老祖宗，这是因为荆公始改科举制度，用经义替代辞赋。当时的文人都是受过律赋的训练的，他们若试作经义当然不知不觉的采用或套取"律赋"的法门。经义时文出于律诗律赋，是历史上自然的趋势。

新文学运动之意义

鄙人今天到这里来演讲，是很荣幸的一件事。但是我来武汉，这是第一次，武汉之有公开的学术演讲，这回是第一次，所以我今天到这里来演讲，自己心里又喜又怕，喜的是这第一次公开的学术演讲，今天居然开了台；怕的是这第一次演讲，我怕弄不好，以致拆了台。

现在中国外交这种紧迫之时，还能够发起这种学术演讲，所以我在北京南下的时候，一般朋友们都很赞成我南下，我个人自己也很愿意。

今天的讲题是新文学运动之意义，这个题目，我从来没有讲过，大家在这个时候，以为这个题目，可以说是过去了的。不过现在就不是这样了，在这新文学运动的时期之中，我何以从没有讲过，今天反要向诸位讲的是什么道理呢？因为今年有一般思想很顽固的人，得了很大的势力，他们居然利用他们的势力，起来反抗这种时代之要求，时代之潮流，并摧残这种潮流要求，摧残新文学，到了现在，有几行省公然禁令白话文，学校也不取做白话文的学生，因为这个原故，我们从前提倡白话文学的人，现在实有重提之必要。所谓新文学的运动，简单地讲起来，是活的文学之运动，以前的那些旧文学，是死的，笨的，无生气的；至于新文学可以代表活社会，活国家，活团体。

实在讲起来，文学本没有什么新的旧的分别，不过因为作的人，表现文学，为时代所束缚，依此沿革下来，这种样子的作品就死了，无以名之，名之为旧文学。

我们看文学，要看它的内容，有一种作品，它的形式上改换了，内容还是没有改，这种文学，还是算不得新文学，所以看文学，不能够仅仅从它的形式上外表上看。这么一说，文学要怎样才能新呢？必定先要解放工具，文学之工具，是语言文字，工具不变，不得谓之新，工具解放了，然后文学的内容，才容易活动起来。

今天这种讲演并不是对那般顽固的人而发，我们也不必同他谈。此外那般对于新文学信仰的人们以及不信仰反对者，持这种态度的人，我们要将此意，对着他们明白地讲出来，务使他们明了新文学之真意义及它的真价值，那么对于自己的作品以及工作才看得起有价值，对外哩，向着他持反对论调者，也可以与之争辩讨论，这就是我今天讲新文学运动之意义的原因。

有一般人以为白话文学是为普及教育的。那般失学的人们以及儿童，看那些文言文不懂，所以要提倡白话，使他们借此可以得着知识，因为如此，所以才用白话文，但是这不过是白话文学最低限度的用途，大家以为我们为普及教育为读书有兴趣，为容易看懂而提倡白话文学，那就错了，未免太小视白话文学了，这种种并不是新文学运动之真意义。

一般的人，把社会分成两个阶级，一种是愚妇顽童稚子，其他一种是知识阶级，如文人学士，绅士官吏。作白话文是为他们——愚夫愚妇，顽童稚子——可以看而作，至于智识阶级者，仍旧去作古文，这种看法，根本的错误了，并不是共和国家应有的现象。这样一来，那般文人学士是吃肉，愚夫愚妇是吃骨头，他们一定不得甘心的，一定要骂文人学士摆臭架子的。由此看来那般为平民而办的白话报，为平民而办注音字母，这种见解，是把社会分成二段阶级，在事实上原则上都说不过去。我们要这样想，那般平民以及小孩子，读了几年的白话文，念过了几本平民千字课，而社会上的各种著作，完全是用文言文著述的，他们还不是一样的看不懂吗？社会上既然没有白话文学的环境，白话文学的空气，学白话文学的人们，将来在社会上没有一处可以应用，如果是这种样子，倒不如一直仍旧去念那子曰诗云罢，何必自讨没趣呢？照这样看来，虽然是为平民教育而提倡白话文学，但是学的人到社会里面去，所学无所用，那么，当初又何必要学呢？所以顶要紧的，就是要造一种白话文学的环境，白话文学的空气，这样学的人才有兴趣。

新文学之运动，并不是一人所提倡的，也不是最近八年来提倡的，新文学之运动是历史的，我们少数人，不过是承认此种趋势，替它帮忙使得一般人了解罢了。不明白新文学运动是历史的，以为少数借着新文学出风头的人们，现在听了我这话，也可了解了，新文学运动，决不是凭空而来的，决不是少数人造得起的。

明白了我以上所讲的话，现在就继续讲新文学运动历史上的意义。

古文文言，不是我们近年以来说它是死的，它的本身，在二千年以前，早已就死了的，当二千年前，汉武帝时候，宰相公孙弘上书给汉武帝，大意是说他那时候上谕法律等文章，做得美固然是美，内含的意思虽然是雄厚，但是一般小吏却看不懂，做小官的人们，尚且看不懂，况小百姓呢？想挽救这种流弊，所以才劝武帝办科举，开科取士，凡能够看得懂古文者，上头就把官（给）他作，借以维持死的文学。公孙弘想出这种科举方法来，开一条利禄的路，引诱小百姓去走，这种维持死的文学之方法，可以说是尽美尽善矣，这样一来，所以全国小百姓们的家庭里，如果有个把略为聪明的儿童，至少要抄几部书，给他们的小孩子读去，请一个教书的先生，替他们的小孩子讲解，教给他们的小孩子要怎样去读，如此做下去，国家也不用花掉好多钱去办什么学校，没有学校，就没有学生闹风潮，也没有教员向着政府索薪了，国内也不知省了多少事，简了多少钱；而他一方面，死的文学，可以维持，所以死的文学，能够苟延残喘到二千多年的，就是因为如此，在这二千年之中，上等的人，有知识的人，既不反对，下等的人，一般民众，也只得由他们干去，由此下等人学上等人，小人物学大人物，要官作，要利禄，也不得不如此，方法未尝不美，至于谈到了文学那一层，那就不够谈了。文学是人的感情，用文字表达出来，现在有一个人，他有一种情感，要用文字表现出来，而为时代所束缚，换言之作不了古文，这个人想发表他的情感，非用一二十年的苦工，去念那死板板的文字不可，照时间上说起来，未免太长了，要学也恐怕来不及了。因为如此，那般匹夫匹妇，痴男怨女，也顾不得这许多了，他们想歌，就用他们自己的语言歌出来，想唱就用他们自己的语言唱出来。那般民歌童摇儿歌恋歌之类，就是由此产生出来，在这二千年之中，他们——匹夫匹妇，痴男怨女——因为要表现他们的文学情感，倡了许多很好的很有价值的白话文学来，歌唱之不足，他们又要听故事，演故事，所以小说戏剧之文学，亦由此而生，不仅痴男怨女，匹夫匹妇如此，那般和尚们翻译佛教的经典，如果作得太古了，这般民众不说是听不懂，就是看也看不懂，因为如此，所以就用经典上意义，编出一种弹词歌谣来，使他们容易去懂。在敦煌那块，发现出来用弹词歌体所翻出之佛经不少，如是佛曲就变成了白话之文学了。至于和尚们讲学，如果用着古文去讲，大家就不能了解，所以唐朝的禅宗，用白话去讲经，学生们也用白话去记录，写成散文开了后代一种语录的风气。在这二千年当中，所有一般大文学家，没有一个不受了白话文学之影响，乐府是其一例，今日看一看乐府，尽都是用白话体裁写出，那般创造文学的大文学家，却没有一个不在摹仿乐府。唐朝的诗集子，头一部就是乐府，乐府是白话，学乐府就是学白话，其结果所以都近乎白话，唐朝的诗，宋朝的词，所以好懂。所以就很通行，《唐诗三百首》，其中所载，大半是白话或近乎白话。后有以为作诗有一定格律，字句之长短，平仄声均有一定公式，嫌太拘束，故改之为句之长短不定的词，词之作法，也有一定，又生出一种曲来，这种曲子，是教给教坊歌妓们唱的，因为要他们了解，所以用白话，当时的一般文人学士，一方面作古文求功名骗政府，一方面巴结那般好看的女人，结歌妓们欢心，所以又要白话文学。元、明、清五百年中，产出不少的长篇小说来，这时白话文学，真是多极了。上海一处的书店，每年销售的《水浒》《三国演义》《西游记》这三种小说，年在一百万部以上。我们由此一看，五百年来，不是孔、孟、程、朱、《四书》《五经》的势力，乃是《水浒》《三国演义》《西游记》的势力。

照上面讲的看来，这二千年之中，乐府，诗歌词曲等的白话文学，占了很不少的势力，并且有很大的部分是有价值的，可以和世界上各种著名文学的作品相抗衡而无愧色。他一方面讲来，古文文学，在二千年中早已死过去了。此种很好的很有价值的文学之产生，是因为有一般文人学士，不受政府的利禄之引诱，要歌就放情地歌，要唱就放情的唱，所以他们就有伟大的成功，有很大的贡献，如果没有这伟大的成功，这很大的贡献，我们无论如何，是提倡不起来的。

有一般人以为古文是雅的，白话文学是民间的，粗俗的，退化的，这一层我们现在也不得不说明一下子。

我们要晓得在二千年之中，那时候的小百姓，我们的老祖宗，就已经把我们的语言改良了不少，我们的语言，照今日的文法理论上讲起来，最简单最精明，无一点不合文法，无一处不合论理，这是世界上学者所公认的。不是我一个人恭维我们自己。中国的语言，今日在世界上，为进化之最高者，因为在二千年里头，那般文人学士，不去干涉匹夫匹妇的说话，语言改革，与小百姓有最大的关系，那般文人硕士，反是语言改革上最大的障碍物。

古文变化，甚觉讨厌，如"我敬他"为"吾敬之"，"我爱他"为"吾爱之"，至于说没有看见他，又变作"未之见也"。小学生读书作文时，如果写一句"未见之也"，先生一定要勾上来作"未之见也"，问他是什么原因，他也讲不出来，只说古人是这样做的。这般老先生们，不晓得文法，只晓得摹仿；那般小百姓，他们只讲实在，求方便，直名之曰，"我打他"，"他打我"都可以，至于在文言上"吾打之"则可，如用"之打吾"那就不通了。小百姓把代名词变化取消，主格与目的格废掉，因此方便得许许多多了。

在这二千年中，上等的人以及文人学士，去埋头他们的古文，小百姓就改造他们的语言。语言中有太繁了的，就省简一些，有太简了的就增加一点。在汉以前，我你他没有多数，汉以后才有我曹我等我辈，尔曹尔等尔辈，却没彼曹彼辈彼等。后来小百姓们，造出一个们字来，我们可以用，你们可以用，他们也可以用，此为代名词之多数，不但代名词如此，名词亦有多数，如先生们学生们朋友们之类是也。由此看来，老百姓实在是语言学家，文法学家，当补的他们就补上去，当删的就删去了，把中国语言变成世界进化最高之语言，首功要算小百姓，这是因为那般文人学士没有管的（原）因。英国文字之不如中国，因为在三百年前，遇着文人学士规定了。中国的小百姓，有二千年自由修改权，把中国的语言，改之为最精明最简单的。照此看来，白话并不是文言的退化，是文言的进化了。

此就语言方面是如此，至于文学，在二千年中的各种乐府，诗词，歌曲，积下来很多了，我们现在运动，就可拿来作我们的资本。

白话文学的趋势由来很久，何以须要我们运动呢？其原因如下。

科举是维持死文学之唯一方法，以前是拘于科举后来科举废了，何以没有新文学产生呢？因为自然的变迁是慢的，缓缓地衍化，现在自然变迁不够了，故要人力改造，就是革命，文学方面如仅随着自然而变化是不足的，故必须人力。照此一讲，我们应该作有意义的主张，白话是好文学，有成绩在可以证明。现在我们头一句就要说古文死了二千年了，要哭的哭，要笑的笑。

我们当记着下面那三种意义：

（一）白话文学是起来替古文发丧的，下讣文的。

（二）二千年中之白话文学有许多有价值的作品，什么人也不能否认。

（三）中国将来之一切著作，切应当用白话去作。

白话是活的，用白话去作，成绩一定好，死文字不能产生活文学，要创造活文学，所以就要用白话。

由上看来，新文学之运动，并不是由外国来的，也不是几个人几年来提倡出来的，白话文学之趋势，在二千年来是在继续不断的。我们运动的人，不过是把二千年之趋势，把由自然变化之路，加上了人工，使得快点而已。

这样说来，新文学运动是中国民族的运动，我们对之，应当表示相当的敬爱。

再者那般老百姓们，以方便为标准，去修改语言，语言较之宗教，尤其守旧，所以革新语言，非一朝一夕所能，政府下命令也是无效的，要他们那种清醒的头脑，继续不断地改革，我们对于这种人们，也应该表示相当的敬意。

那般不受利禄束缚的人们，不受死文学引诱的作白话乐府，诗词，歌曲，小说先生们，我们对于他们，也应当表示相当的敬意。

照此看来，无论军阀的权威如何，教育总长的势力如何，这两三个人决定不能摧残者，也可以抱相当的乐观。

我们总要努力做去，自然可以达到胜利之地位，那怕顽固者没有服从之一日呢？但是我们却不要轻视了老祖宗的成绩。负创造新文学者，应当表示自己相当负责。

我们更要记着文学之形式解放，要预备得更丰富，文言与白话，并不是难易上的问题，文学要有情感要修养。所谓文学家者，决不能说是看了几本《蕙的风》《草儿》《胡适文存》之类的书籍就算可以了。所以如果尊重新文学，要努力修养，要有深刻的观察、深刻的经验、高尚的见解，具此种种，去创造新文学，才不致玷辱新文学。

范缜、萧琛、范云的年岁

萧琛《难神灭论·自序》云：

> 内兄范子真（丽本如此，三本作范缜）著《神灭论》，以
明无佛。

但他答法云书，则称：

> 家弟暗短招侃。

《梁书·范缜传》亦称：

> 与外弟萧琛善。

大概萧琛与范缜年岁差不很远，而范年长于萧。萧琛答法云书称范为"家弟"，当作"家兄"。

《梁书·萧琛传》说他死在中大通元年（529年），年五十二。据此，他应生在宋升明二年（478年）。《南史》（十八）《萧琛传》不记他卒时年岁。但《梁书》说他死时年五十二，必是错误。

《梁书》说，

> 永明九年（491年）魏始通好。琛再衔命至桑乾，还为通直
散骑侍郎。

他若生在升明二年，则永明九年他才十四岁。到永明末年（493年），他也不过十六岁！

本传又说，萧琛起家齐太学博士。

> 时王俭当朝，琛年少，未为俭所识。……俭与语，大悦。

俭为丹阳尹，辟为主簿。举为南徐州秀才，累迁司徒记室。

《南齐书》（廿三）《王俭传》，永明二年（484年），王俭领国子祭酒，丹阳尹。……三年（485年），……解丹阳尹。

若萧琛生在升明二年，那么，王俭作丹阳尹时，萧琛才七岁！

王俭死在永明七年（489年），年三十八。是他生在宋元嘉二十九年（452年）。他做国子祭酒，在永明二年，那时他才三十三岁。三十三岁的国子祭酒，认太学博士为"年少"，可见萧琛当时不过二十六七岁。

如果永明二年（484年）萧琛才二十七岁，则他生年约当宋大明二年（458年）。到永明九年（491年），他三十四岁，可以为行人出使了。

依此推算，他死时年七十二。《梁书》作年五十二，是一字之误。

《梁书·萧琛传》又说：

> 高祖（萧衍）在西邸，早与琛狎。每朝宴，接以旧恩，呼
> 为宗老。

萧衍生于大明八年甲辰（464年），比萧琛小六岁，故呼他为"宗老"。萧琛若生在二十年后（478年），那么，竟陵王子良开西邸时（永明五年，487年），他才十岁，那能参与"八友"之列呢？（八友见《高祖纪》）

《梁书》与《南史》都提到"范缜及从弟云"。《梁书·范云传》说他死在天监二年（503年），年五十三。他生在宋元嘉二十八年（451年）。

《南史·范云传》说：

> 云本大武帝十三岁。尝侍宴，帝谓临川王宏，鄱阳王恢
> 曰："我与范尚书少亲善。……汝宜代我，呼范为兄。"二王下
> 席拜。

范云生在451年，萧衍生于464年，正相差十三岁。

　　范缜是范云的从兄，是萧琛的外兄。我们可以假定范缜至少比范云大一岁，试作表如下：

　　范缜生年约在宋元嘉二十七年（450年）。

　　范云生年在宋元嘉二十八年（451年）。

　　萧琛生年在宋大明二年（458年）。

　　萧衍生年在宋大明八年（464年）。

　　《南史·范缜传》说他：

　　　　年未弱冠，从沛国刘瓛学，瓛甚奇之，亲为之冠。在瓛门下积

　　年，恒芒屩布衣，徒行于路。……及长，博通经术，尤精三礼。

瓛卒于永明七年（489年），年五十六。他生年当在元嘉十一年（434年）。假定范缜生在元嘉二十七年（450年），他从刘瓛受学，"年未弱冠"，约在宋明帝泰始初年（约在泰始三年，467年），其时他才十八岁，刘瓛已有三十四岁了。三十四五岁的经师，给十八九岁的少年学者行"冠"礼，不足奇怪。大概我假定范缜的生年不至于大错。

　　他的死年，我们无从考定。

所谓"曹雪芹小像"的谜

　　近年出版的一些有关《红楼梦》的书里，往往提到一幅所谓《曹雪芹小照》，有时竟印出那个小照的照片，题作"乾隆间王冈绘曹霑（雪芹）小像"。

　　这是一件很有问题的文学史料，所以我要写出我所知道的这幅图画的故事。

　　最早相信这个"小照"的，似是《红楼梦新证》的作者周汝昌。周君未见"小照"，他只相信陶心如在民国三十八年对他说的一段很离奇的报告。陶君说他民国廿二年（1931年）在一个人家看见一件"曹雪芹行乐图"；是一条直幅，到民国廿四年（1933年）他又在一个李君家看见一个横幅手卷，画的正是曹雪芹。上方题云"壬午三月"，……幅后有二同时人之题句，其余皆不能复忆。再后则有叶恭绰大段跋语。……周汝昌深信此说，故他的《新证》第六章《史料编年》在乾隆二十七年（1762年），有这一幅记载：

　　1762乾隆二十七年壬午

　　曹霑三十九岁

　　三月，绘小照。（《新证》页四三二——四三三）

周汝昌的《红楼梦新证》是1953年出版的，这是最早受欺的一个人。

1955年4月，国内有个"文学古籍刊行社"把燕京大学图书馆的徐星署家原藏而后归王克敏收藏的《脂砚斋重评石头记庚辰四阅评过》本，用朱墨两色影印出来了。

这个影印本《脂砚斋重评石头记》第一册的目录之前，有影印的一幅所谓曹雪芹小像，画着一个有微须的胖胖的人，坐在竹林外边的石头上。画是横幅，下面有铅字一行：

　　乾隆间王冈绘曹霑（雪芹）小像（一名幽篁图）

此本前面有"文学古籍刊行社编辑部"的"出版说明"十一行，但没有一字提及这幅所谓"曹霑小像"的来历。

这是第二批受欺的一群人。

1958年1月，有个"古典文学出版社"出版了一本吴恩裕的《有关曹雪芹八种》。此书就把那幅所谓"曹雪芹小像"用绿色影印作封面。

吴恩裕此书的第八篇是《考稗小记》三十六页。第一条记的就是这幅所谓"曹雪芹画像"的来历，我摘录在这里：

　　1954年6月16日人民文学出版社某君抄寄《曹雪芹画像照片附识》云：

　　此图右下角款云："旅云王冈写。"小印二方，朱文"冈"，"南石"。图为上海李祖涵氏旧藏，曾刊于《美术周刊》。李氏有题语，略云：王南石名冈，南汇人，黄本复弟子，乾隆庚寅卒。见《画史汇传》。像后题咏有皇八子（有"宜园"印）、钱大昕、倪承宽、那穆齐礼、钱载、观保、蔡以台、谢墉等题。

　　案《美术周刊》出版处及期号俱不详。此项题语乃李氏致函某氏所自述者。又藏者致某氏函云：

　　乾隆题者八人中，其一上款署"雪琴"，其七上款署"雪芹"。

　　裕案：又有人云：左上方有"壬午春三月"数字。……据云，乾隆时题诗者远不止此八人。……1955年，张国淦先生曾为余函李祖涵，索录题诗，李曾复允，惟终未见寄。1956年，张国淦先生又转请翁文灏商于李，亦卒无消息。此一文学巨人之重要资料，遂不可得。（页八七至八八）

后面又有吴君略考题咏诸人的事迹。他在谢墉一条下很武断的说：

谢墉字崑成，浙江嘉善人，乾隆二十七年（1762年），曾为雪芹画像题句。（页八九）

吴君在别处（页七七至七八）又说：

据我关于"虎门"的考证，可知曹雪芹和敦诚、敦敏兄弟的结识是在所谓"虎门"，就是北京宣武门内绒线胡同的右翼宗学，……大约是乾隆九年（1744年）……直到乾隆十九年（1754年）……这一段期间之内，在这一时期中，后来乾隆二十七年为曹雪芹题像的观保正做内阁学士兼管国子监务，钱大昕和倪承宽都于乾隆十九年中进士，谢墉和钱载则是十七年中的进士，那穆齐礼和蔡以台是二十二年的进士。他们题雪芹像，上款都称"兄"。

吴恩裕没有看见那幅画的许多题咏，就相信这些名人题咏的真是曹雪芹的小像，并且"上款都称兄"，并且都在曹雪芹死的那一年，——乾隆二十七年壬午！

吴君引的李祖涵题语里说的题画像的八人之中，有一位"皇八子"，那就是清高宗的第八个儿子仪郡王（后为仪亲王）永璇，生于乾隆十一年（1746年）丙寅，当乾隆二十七年，永璇还只有十七岁。难道他题"曹雪芹小像"，上款也称"兄"吗！

吴君很老实的说他曾托张国淦写信给李祖涵，请他钞寄这幅画像上的许多名人题咏。后来张国淦又转托翁文灏写信给李君，但李君始终不曾钞寄这些题咏。

可怜这些富于信心的人们，他们何不想想：收藏这幅画像的李祖涵君

（应作"祖韩"，不应作"祖涵"）为什么始终不肯钞寄那许多乾隆朝名人的题咏呢？

吴恩裕、俞平伯、张国淦诸君是第三批受欺的一群人。

以上略述研究《红楼梦》的人们相信这幅所谓"曹雪芹小像"的情形。

现在我要说明这幅小像的真相。

（一）这幅画上画的人，别号"雪芹"，又称"雪琴"。但别无证件可以证明他姓曹。

（二）收藏此画的人是宁波李祖韩，他买得此画在三十多年前。

（三）在三十年前，我见此画时，那个很长的手卷上还保存着许多乾隆时代的名人的题咏。吴恩裕引李祖韩说的题咏的八人是：

皇八子（有"宜园"印），即仪郡王永璇。

钱大昕，江苏嘉定人。

倪承宽，浙江仁和人。

那穆齐礼，镶红旗满洲人。

钱载，浙江秀水人。

观保，正白旗满洲人。

蔡以台，浙江嘉善人。

谢墉，浙江嘉善人。

这八人之外，还有别人的题咏，我现在记得的，好像还有这两人：

陈兆仑，浙江钱塘人。

秦大士，江苏江宁人（乾隆十七年状元）。

（四）我在三十年前看了这些题咏，就对此画的主人李祖韩君说："画中的人号雪芹，但不是曹雪芹。他大概是一位翰林前辈，可能还是'上书房'的皇子师傅，所以这画有皇八子的题咏，并且有'上书房'先后做过皇子师傅的名翰林如陈句山（兆仑）、钱萚石（载）、钱晓征（大昕）诸人的题咏。题咏的人多数是浙江、江苏的名人，很可能此公也是江浙人。总而言之，这位掇高科、享清福的翰林公，决不是那位'风尘碌碌，一事无成'，晚年过那'蓬牖茅椽，绳床瓦灶，生活的《红楼梦》作者。"

最后，我要追记我在三十多年前亲自看见这幅小像的故事。我的日记不在手边，我记不得正确的年月了。只记得那年（民国十八年？）教育部在上海开了一个书画展览会，郭有守君邀我去参观。我走了展览会的一部分，遇着李祖韩君，他喊道："适之，你来看曹雪芹的小照！"

我当然很高兴的走过去。祖韩让我打开整个手卷，仔细看了卷上的许多乾隆时代名人的题咏。那些题咏的口气都是称赞一位翰林前辈的话。皇八子的题咏更是绝对不像题一个穷愁潦倒的文人的小照的话。钱大昕、钱载、陈兆仑几位大名士的手笔当然更引起了我的注意。

我看了那些题咏，我毫不迟疑的告诉李祖韩君：画上的人别号雪芹，又称雪琴，但不姓曹。这个人大概是一位翰林先生，大概还做过"上书房"的皇子师傅。那些题咏，没有一篇可以叫我们相信题咏的对象是那位"于今环堵蓬蒿屯"，在贫病中发愤写小说卖钱过活的曹雪芹。

李祖韩君听了我的话，当然很失望。一个收藏古董的人往往不肯轻易承认他上了当，买错了某件书画。何况收藏得《红楼梦》作者曹雪芹的遗像是多么有趣味的一件雅事！是多么可喜的一件韵事！所以我们很可以了解李君为什么至今不愿意完全抛弃这个曹雪芹的小像，为什么不肯轻易接爱我在三十年前就认为毫无可疑的看法。我们也可以了解为什么这三十年里还时常有人看见那幅所谓"曹雪芹小像"的照片。

在三十年前，我还寄住在上海时，叶恭绰君就曾寄一张"曹雪芹小像"的照片给我。他曾搜集许多清代学人的遗像，编作《清代学者像传》，第一集早已印行了，他还想搜集第二集，所以他注意到李祖韩藏的"曹雪芹小像"。我曾把我的意见告诉叶君。

爱读《红楼梦》的人当然都想看看贾宝玉是个什么样子。如果贾宝玉是作者曹雪芹自己的影子，那就怪不得《红楼梦》的读者都想看看曹雪芹的小照是个什么样子了。这种心情正是李祖韩舍不得否认那幅小照的心理背景，也正是周汝昌、吴恩裕那么容易接受那幅小像的心理背景。

　　我回想三十年前初次看见那个手卷的时候，我就不记得曾看见那幅画上有"旅云王冈写"的一行题字，也不记得画上有王冈的两个图章。我也没有看见那画上还有"壬午春三月"一行字。三十年前叶恭绰君写信给我，也没有提到那两行字和两个印章。

　　我至今相信李祖韩君不是存心作伪的人。很可能是他和他的朋友们只把这幅小照看作一件有趣味的小玩意儿，不妨你来添上一行画家王冈的题名，他来添上两颗小印章；你又记得曹雪芹死在"壬午除夕"，也不妨在画上添上"壬午春三月"五个字，——岂不更有趣味吗？岂不更好玩吗？这样添花添叶的一幅"乾隆间王冈绘曹霑（雪芹）小像"的照片多张，不妨在几个朋友手里留着玩玩，就这样流传出去了。

　　我至今懊悔我在三十年前没有请祖韩把全卷的题咏都钞一份给我做从容考证的材料。我现在写这篇回忆，并没有责怪祖韩的意思。我只要指出，祖韩至今不肯发表那些题咏的墨迹与内容，这就等于埋没可供考证的资料，这就等于有心作伪了。所以我希望在不远的将来，祖韩能把那个手卷上许多乾隆名士的题咏全部影印出来，让大家有个机会可以平心评判他们题咏的对象是不是《红楼梦》的作者曹雪芹。

谈《红楼梦》作者的背景

各位先生：

我是曾经在四十年前，研究《红楼梦》的两个问题：一个是《红楼梦》的作者的问题；一个是《红楼梦》的版本的问题。因为我们欣赏这样有名的小说，我们应该懂得这作者是谁。《红楼梦》写的是很富贵，很繁华的一个家庭。很多人都不相信，《红楼梦》写的是真的事情，经过我的一点考据，我证明贾宝玉，恐怕就是作者自己，带一点自传性质的一个小说，恐怕他写的那个家庭，就是所谓贾家，家庭就是曹雪芹的家，所以我们作了一点研究，才晓得我这话大概不是完全错的，曹雪芹的父亲；曹雪芹的一个伯父；曹雪芹的祖父；曹雪芹的曾祖父，三代四个人，都作过那个时候最阔的一个官，叫作江宁织造，江宁织造就是替政府，就是替皇宫里面织造绸缎的。凡是那个时候皇帝，那个时候宫廷里边用的绸缎，都是归织造，那个时候有江宁一个织造，苏州一个织造，杭州一个织造。这几个织造，可以说是很大的，可以说等于我们现在最大的绸缎纺织厂。同时他有余下来的，宫里不用的，还有皇帝赏赐百官的，之外，他还可以作国外通商。所以，这三个织造是当时最阔的官，《红楼梦》里贾家有一个世职，那个世职实在在我们的考究起来，就是曹雪芹的曾祖父；曹雪芹的祖父；曹雪芹的伯父同曹雪芹的父亲，三代四个人相继作了五十多年的江宁织造，就是所谓"世职"。很有趣的，就是《红楼梦》里有一段话讲到从前有一个李嬷嬷讲的"从前太祖高皇帝南巡，到南方去巡河工的时候，我们家里曾经招待过皇帝，接驾一次，那一边说，我们招待过四次"。那么，这一个人家，能够招待过皇帝四次，这是倾家荡产的事。这个曹家，我们研究起来，的的确确，曾经在康熙皇帝的时候下江南，康熙皇帝下江南六次，其中有四次就是在曹家住，就是住在江宁织造府里边，所以的的确确作过皇帝的主人，招待过四次。这是最阔的一件事。所以，曹雪芹忍不住要把他的家里最阔的一件事，特别表出来。

　　我今天举这个证据，就是要我们知道，曹雪芹所写的极富贵，极繁华的这个贾家，宁国府，荣国府，在极盛的时代的富贵繁华并不完全是假的。曹家的家庭实在是经过富贵繁华的家庭。懂得这一层，才晓得他里面所写的人物。曹雪芹在这一回里面所讲的，我不写旁的事，我不写朝廷大事，我要写我一生认得的这些人，这几个人，尤其我认得的这几个女人，这几个女孩子。懂得曹家这个背景，就可以晓得这部小说，是个写实的小说，他写的人物，他写王凤姐，这个王凤姐一定是真的，他要是没有这样的观察，王凤姐是个了不得的一个女人，他一定写不出来王凤姐。比如他写薛宝钗，写林黛玉，他写的秦可卿，一定是他的的确确是认识的，所以懂得这一点，才晓得他这部小说，是一个自传，至少带着性质的一个小说。他写的人物是他真正认识的人物，那么，如果这个小说有文学的价值，单是这一点，刚才我讲的这一段曹家的历史，也许帮助我们的广大的听众，帮助他们了解，《红楼梦》这个小说的历史考据也许有点用处。

中国文学史的一个看法

兄弟今天到这里来讲演，觉得没有什么好题目。兹来讲讲"中国文学史的一个看法"。本来一个讲题，可以有几种看法。在未讲本题之前，先给诸位讲一件故事，有一不识字之裁缝者，供其子读书，一日子从校中来信，此裁缝即请其左邻杀猪的代看，杀猪的即告裁缝道：这是你儿子要钱的信，上写"爸爸，没钱啦！拿钱来"。裁缝听了，非常懊丧生气，以为供子读书，连称呼礼法都没有了。旋又请其右邻之牧师来看，牧师看后，说道此信写的甚好。信上说："父亲大人膝下……你老人家辛苦得来的钱，供我念书，非常不忍，不过现在买书交学费等，非用钱不可，盼你老人家多为难，儿子是很对不住的……"。裁缝听了，笑逐颜开，赶紧给他儿子寄钱去了。

从此事看来，足见一件事，可以有几种看法，关于中国文学史，也有几种看法，第一种的看法：是牧师的看法，这种看法怎么样呢？他是从商周时代之最古文看起，到在春秋战国时，即有诸子百家之文章，代表那一时代的文学。到汉则以《史记》《汉书》，作该时代文学之代表。到晋朝以后，又发生怪僻之文学，迄至唐朝，遂又复古，同时接受了前朝历代的遗留，由当代文人，加以许多点染，于是有《唐诗三百首》之创作，及"离骚"词赋，曲歌古文之类。当时文学作家中之捣乱分子，进行词曲等之创作，所谓词者，诗之语也，曲者，词之语也，然无论其创作如何，仅能作当代正统文学之附属品，而不能以之作为时代之代表。自唐宋而后，以至于元明清，甚至当代国学家之伪国国务总理郑孝胥之流，殆未出乎摹古之范围。以上这种看法，总是站在一条线上接连不断的来看中国文学史，这种看法，是牧师的看法，文绉绉的，实在看不出什么内容来。至于兄弟今天是采用杀猪的看法，且听兄弟道来：

文学史是有两种潮流，一种是只看到上层的一条线，一种是下层的潮流，下层潮流，又有无数的潮流，这下层的许多潮流，都会影响到上层去，上层文学是士大夫阶级的，他是贵族的，守旧的，保守的，仿古的，抄袭的，这种文学，我们就是不懂也没要紧。我们要懂中国整个文学史，必要从某时代的整个潮流去看，现在的文学史，是比前时代扩大了，是由下层许多暗潮中看出来。诸位小姐太太们：凡是历代文学之新花样子，全是从老百姓中来的，假使没有老百姓在随时随地的创作文学上的新花样，早已变成"化石"了。

老百姓的文学是真诚朴素的，它完全是不加修饰的，自由的，从内心中发出各种的歌曲。例如：唐诗楚辞，汉之乐府，其内容无一不是老百姓中得来，所有文学，不过经文人之整理而已。尤其是每一时代之新文学，如五言，七言，词曲，歌谣，弹词，白话散文等，都是来自民间。

兄弟所谓杀猪的看法，就是不是文绉绉的从一条线上去看，而是粗野的把文学看成两个潮流，上层潮流是士大夫阶级的，下层文学的新花样皆从老百姓中得来。所谓文学潮流的新花样的形成，是经过四个时期：

第一时期是老百姓创作时期，与上层是毫无关系，在创作时期，是自由的，富于地方个人等特别风味，他是毫不摹仿，而是随时随地的创作时期。

第二时期是从下层的创作，转移到上层的秘密过渡时期，当着老百姓的创作已经行了好久，渐渐吹到作家耳中，挑动了艺术心情，将民间盛行之故事歌谣小说等，加以点缀修改，匿名发行，此风一行，更影响到当代之名作家，由民间已传流许久之故事等，屡加修正，整理，于是风靡当世，当代文学潮流，为之掀动。

第三时期则因上等作家对新花样文学之采用，遂变成了正统文学中之一部分。

第四时期则为时髦时代，此时已失去了创作精神，而转为专尚摹仿，因之花样不鲜，而老百姓却又在创作出新的。

我们根据近四十年来的新发现，才知道我们过去提倡白话文学胆太小了，还不够杀猪的资格，只要看敦煌石洞藏书中有许多白话文学，即可知其由来已早。大凡每一时期的潮流的到来，都是经过一极长的创作时期，例如《水浒传》《西游记》等曾风行一时，而创作者更出多人之手，种类繁多，由此可知现行文学，皆由长时蜕化而来，所以我们必须以历史进化的眼光来看历史，由此可以得到以下三点教训：

（一）老百姓从劳苦中不断的创作出新花样的文学来，所谓"劳苦功高"，实在使我们佩服。

（二）有些古人高尚作家不受利欲熏诱，本艺术情感之冲动，忍不住美的文学之激荡，具脱俗，牺牲之精神。如施耐庵、曹雪芹之流，更应使我们欣佩。因为老百姓的作品，见解不深，描写不佳，暴露许多弱点，实赖此流一等作家完成之也。

（三）文学之作品，既皆从民间来，固云幸矣，然实亦幸中之大不幸，因为民间文学皆创之于无知无识之老百姓，自有许多幼稚，虚幻，神怪，不通之处，并且这种创作已经在民间盛行了好久，才影响到上层来，每每新创作被埋没下去，在西洋文学之创作权，概皆操之于作家之

220

手，而中国则操之于民间无知之人，所以我说是幸中之不幸，深望知识阶级，负起创作文学之任务。

历史的文学观念论

居今日而言文学改良，当注重"历史的文学观念"。一言以蔽之，曰：一时代有一时代之文学。此时代与彼时代之间，虽皆有承前启后之关系，而决不容完全抄袭；其完全抄袭者，决不成为真文学。愚惟深信此理，故以为古人已造古人之文学，今人当造今人之文学。至于今日之文学与今后之文学究竟当为何物，则全系于吾辈之眼光识力与笔力，而非一二人所能逆料也。惟愚纵观古今文学变迁之趋势，以为白话之文学种子已伏于唐人之小诗短词。及宋而语录体大盛，诗词亦多有用白话者（放翁之七律七绝多白话体。宋词用白话者更不可胜计。南宋学者往往用白话通信，又不但以白话作语录也）。元代之小说戏曲，则更不待论矣。此白话文学之趋势，虽为明代所截断，而实不曾截断。语录之体，明、清之宋学家多沿用之。词曲如《牡丹亭》《桃花扇》，已不如元人杂剧之通俗矣。然昆曲卒至废绝，而今之俗剧（吾徽之"徽调"与今日"京调""高腔"皆是也）乃起而代之。今后之戏剧或将全废唱本而归于说白，亦未可知。此亦由文言趋于白话之一例也。小说则明、清之有名小说，皆白话也。近人之小说，其可以传后者，亦皆白话也（笔记短篇如《聊斋志异》之类不在此例）。故白话之文学，自宋以来，虽见屏于古文家，而终一线相承，至今不绝。

夫白话之文学，不足以取富贵，不足以邀声誉，不列于文学之"正宗"，而卒不能废绝者，岂无故耶？岂不以此为吾国文学趋势，自然如此，故不可禁遏而日以昌大耶？愚以深信此理，故又以为今日之文学，当以白话文学为正宗。然此但是一个假设之前提，在文学史上，虽已有许多证据，如上所云，而今后之文学之果出于此与否，则犹有待于今后文学家之实地证明。若今后之文人不能为吾国造一可传世之白话文学，则吾辈今日之纷纷议论，皆属枉费精力，决无以服古文家之心也。

然则吾辈又何必攻古文家乎？曰，是亦有故。吾辈主张"历史的文学观念"，而古文家则反对此观念也。吾辈以为今人当造今人之文学，而古文家则以为今人作文必法马、班、韩、柳。其不法马、班、韩、柳者，皆非文学之"正宗"也。吾辈之攻古文家，正以其不明文学之趋势而强欲作一千年二千年以上之文。此说不破，则白话之文学无有列为文学正宗之一日，而世之文人将犹鄙薄之以为小道邪径而不肯以全力经营造作之。如是，则吾国将永无以全副精神实地试验白话文学之日。夫不以全副精神造文学而望文学之发生，此犹不耕而求获不食而求饱也，亦终不可得矣（施耐庵、曹雪芹诸人所以能有成者，正赖其有特别胆力，能以全力为之耳）。

吾辈既以"历史的"眼光论文，则亦不可不以历史的眼光论古文家。《记》曰："生乎今之世，反古之道，灾必及乎身。"（朱熹曰：反，复也。）此言复古者之谬，虽孔圣人亦不赞成也。古文家之罪正坐"生乎今之世，反古之道"。古文家盛称马、班，不知马、班之文已非古文。使马、班皆作《盘庚》《大诰》"清庙生民"之文，则马、班决不能千古矣。古文家又盛称韩、柳，不知韩、柳在当时皆为文学革命之人。彼以六朝骈俪之文为当废，故改而趋于较合文法，较近自然之文体。其时白话之文未兴，故韩、柳之文在当日皆为"新文学"。韩、柳皆未尝自称"古文"，古文乃后人称之之辞耳。此如七言歌行，本非"古体"，六朝人作之者数人而已。至唐而大盛，李、杜之歌行，皆可谓创作。后之妄人，乃谓之曰"五古""七古"，不知五言作于汉代，七言尤不得为古，其起与律诗同时（律诗起于六朝。谢灵运、江淹之诗，皆为骈偶之体矣，则虽谓律诗先于七古可也）。若《周颂》《商颂》则真"古诗"耳。故李、杜作"今诗"，而后人谓之"古诗"；韩、柳作"今文"，而后人谓之"古文"。不知韩、柳但择当时文体中之最近于文言之自然者而作之耳。故韩、柳之为韩、柳，未可厚非也。

及白话之文体既兴，语录用于讲坛，而小说传于穷巷。当此之时，"今文"之趋势已成，而明七子之徒乃必欲反之于汉、魏以上，则罪不容辞矣。归、方、刘、姚之志与七子同，特不敢远攀周、秦，但欲近规韩、柳、欧、曾而已，此其异也。吾故谓古文家亦未可一概抹杀。分别言之，则马、班自作汉人之文，韩、柳自作唐代之文。其作文之时，言文之分尚不成一问题，正如欧洲中古之学者，人人以拉丁文著书，而不知其所用为"死文字"也。宋代之文人，北宋如欧、苏皆常以白话入词，而作散文则必用文言；南宋如陆放翁常以白话作律诗，而其文集皆用文言，朱晦庵以白话著书写信，而作"规矩文字"则皆用文言，此皆过渡时代之不得已，如十六七世纪欧洲学者著书往往并用己国俚语与拉丁两种文字〔笛卡儿（今译笛卡尔）之《方法论》用法文，其《精思录》则用拉丁文。倍根（今译培根）之《杂论》有英文、拉丁文两种。倍根自信其拉丁文书胜于其英文书，然今人罕有读其拉丁文《杂论》者矣〕，不得概以古文家冤之也。惟元以后之古文家，则居心在于复古，居心在于过抑通俗文学而以汉、魏、唐、宋代之。此种人乃可谓真正"古文家"！吾辈所攻击者亦仅限于此一种"生于今之世反古之道"之真正"古文家"耳！